歲時記

洪郁芬 郭至卿

主編

凡例

一、本書的季語分為春、夏、秋、冬四個季節。時令以立春（二月）為開頭，以大寒（一月）為結尾。

二、將每個季節的季語，分成時令、天文、地理、生活、節日、動物、植物七個類別排序。

三、每個季語都有簡單的解釋，並附上四、五個例子以供參考。

四、標題季語的下方呈現與該標題相應的日文季語。標題季語的左方是與標題相關的副題季語。副題季語的下方是相應的日文季語。

一凡例一

一、本書の季語を春、夏、秋、冬の四季に分け、時候は立春（二月）を巻頭に、そして大寒（一月）を巻末に編入した。

二、季語を季節ごとに時候、天文、地理、生活、行事、動物、植物の七つに分類した。

三、全ての季語に簡単な解釈があり、参考のために四つか五つの例が添付された。

四、見出し季語の下側はその季語に相応する日本の季語、そして見出し季語の左は子季語である。また、子季語の下側はそれに相応する日本の季語である。

序一

華文俳句社社長／洪郁芬

本《歲時記》是華語圈第一本俳句季語的辭典。收錄華文俳句社從二〇一九年三月十八日至二〇二〇年六月二十二日徵文的春夏秋冬三百八十三個季語，和台灣、中國、香港、新加坡、馬來西亞、日本六個地區的華語詩人約一千八百六十四首華文俳句。

就讀政治大學日文學系時，我曾跟從黃靈芝老師在「台北俳句會」學俳。他著有《台灣俳句歲時記》。這本書二〇〇三年在日本言叢社出版，以日文印行，可以說是一本台灣人編撰的日本歲時記。這本書如落葉般寒愴地待在書叢中多年。未料這向南的一枝，如今抽芽拔綠。乃有日後我夥同吳衛峰、郭至卿、趙紹球等人，倡導和創作兩行華俳，成立「華文俳句社」，出版「華文俳句叢書」等一連串的舉措。於我而言，既是繼志，也是述事。本《歲時記》的出版，冀能對華文圈的兩行華俳創作，發揮奠基之功效。

「季語」之於俳句，有不可忽視的重要性。除了延續俳句的源頭——連歌從鎌倉時代以來吟詠發句前宣告季題（季節景物）的傳統，更為「世界最短的詩」提供一個文化經驗的共同場域，使小詩得以在有限的字數中有更寬廣的延伸。藉由季語的共享，作者與讀者能喚起根植於地方風俗、氣候、景物和美學的共同生活體驗，使以「切」（切れ）和省略為美學的俳句表達豐富的餘韻。高浜虛子（1874-1959）認為俳句（花鳥諷咏）是一種成佛的哲學。季語是包羅萬象的秩序，而歲時記即是一部聖典。一首俳句的詩題即季語，在吟詠人生的十七音中，成了演員舞台上的道具。雖然華文俳句也可雜詠（無季語）愛情、旅行或年老的歲月，但季節，無疑是人生重要的主題，其所囊括的時令、天文、地理、生活、節日、動物和植物更是與我們的生活密不可分。盼望此《歲時記》，能成為詩人們書寫俳句時的幫助，並成為研究華文圈季語的參考工具。

關於季語的選擇，本書採用日本各個版本的《歲時記》包含的三百六十六個共同季語。這些季語除了是歲時記的基本架構之外，也是亞洲地區共有的生活體驗。除了幾個季語，如「七夕」、「年初」、「開學」、「烏魚」、「茼蒿」和「入学試験」為了更順應華語圈的氣候和習俗而更改季節之外，大部分沿用日本歲時記的編排方式。另外，增添了十七個台灣地區（出版地）特有的季語，如「遶境」、「木棉花」、「昭和草」、「紅蔥頭」、「麻油雞」、「週年慶」、「火鍋」、「尾牙」、「騎樓」、「酸梅湯」、「花露水」、「阿勃勒」、「鳳凰木」、「黑面琵鷺」、「烏骨雞」、「紅蟳」和「開學」等等，以呈現地方特色。日本季語的翻譯除了直譯之外，也部分參考中國古典詩詞的詞語，以延續華語文化，如「梅雨晴」翻譯成「梅雨晴間」和「黃梅時晴」等。

為何大部分沿用日本《歲時記》季語？除了因為日本《歲時記》歷史悠久，能提供一個有系統的架構之外，也參考了正岡子規於一八九五年訪中時的〈陣中日記〉（《正岡子規全集第一卷》，改造社，一九三三）。根據正岡子規，日本的季語有些源自中國詩畫，因此於中國使用日本季語並不會感到突兀。如「山笑ふ」（春山笑）來自中國山水畫論。除此之外，子規於中國能沿用日本季語持續書寫俳句，可以說是因為中國與日本共享部分的文學傳統（遣隋使和遣唐使之文化影響），且都屬於同一個亞洲的季節風區域。另外，以相同季語書寫的俳句例句，依照各個區域的詩人而展現不同的特色，亦可為亞洲地區的俳句比較文學研究提供有參考價值的文本。

增添台灣地區（出版地）特有的季語則參考加藤楸邨的《死の塔》（每日新聞社，一九七三）。加藤於昭和四十七年旅遊絲路，並寫下一百八十幾首俳句。其中有許多採用當地的生物，描繪貧瘠的土地上時光的流逝，以及生物於此空間力求生存的片段。相對於加藤，高浜虛子在歐洲宣傳俳句時，很少使用當地的風俗景物作為季語，而僅在概括性的詞語前加上表明季節的「春」，如「春女」或「春寺」，形成強烈的對比。虛子日後於《渡仏日記》（改造社，一九三六）建議在夏季語中另外增添熱帶季題，來包含屬於熱帶地區特色的季語。

華文二行俳句自二〇一八年創立以來，從起初的單純描寫實景或富有自我主張的寫生俳句，逐漸蛻變成現今象徵式的、描繪事物本質的及心象風景的寫生俳句。除了經過一百二十六次徵文的歷練之外，還有所有參與的詩人們這兩年來對於華文俳句不離不棄的支持與努力。由衷感謝詩人秀實、辛牧、林央敏、吳衛峰、余境熹、趙紹球、郭至卿、余問耕、莊源鎮、胡同、黃士洲、皐月、盧佳璟、穆仙弦、雨靈、俞文羚、林國亮、慢鵝、露兒、謝美智、雅詩蘭、曾美玲、簡玲、明月、薛心鹿、簡淑麗、楊博賢、Alana Hana、紫澤望、秋雨、簡雅子、林百齡、李燕燕、陳瑩瑩、黃卓黔、廖清隆、工藤雅典、寧靜海、葉婉君、郁華、綠喵、曾小塔、吳添楷、謝祥昇、傑狐、林宣、ylohps、符湘默、季三、愛玉、洪梅籐、鐵人、蕭芷溪等各位積極參與，才有這本《歲時記》的誕生。也感謝俳句大學校長永田滿徳先生對華文俳句的支持。

以俳聖松尾芭蕉的俳句為例，俳句之最高境界為寫生句中有擴大的含意、描寫心象風景及平易輕快三者並存的俳句，如「古池や蛙飛び込む水の音」（古池啊！／青蛙跳入水聲響）。「古池」可以是被人遺忘的水池，或泛指沒有價值的事物，或是松尾心中的「舊和歌界」。如此毫無生氣的地方，也因著青蛙躍入，而突然有生命的律動和清脆的聲響。次一等的俳句為有擴大含意，並平易輕快的實景寫生句，如「梅が香にのつと日の出る山路哉」（梅花撲鼻香／日出靜靜升起的山路哉）。除了日出靜靜升起於梅花撲鼻的山路之外，亦可解釋為日出為了撲鼻的梅花香靜靜升起，為這首俳句增添更多的趣味。再次一等的俳句為平易輕快的寫生句，如「閒さや岩にしみ入る蟬の音」（寂靜呀！／滲入岩石的蟬聲）。此俳句雖然沒有擴大解釋的可能，卻也在「寂靜」一詞，給人寂寞、安穩、空虛等不同的感受。盼望華文俳句的進展，除了能登入俳句最高的殿堂之外，更能如繼承松尾芭蕉俳藝的弟子，發展出個別的風格與特色。如寶井其角的都會風，服部嵐雪的平明溫雅風格或如教導芭蕉的俳句理論的書籍《去来抄》的作者，向井去来的脫俗驚人之風。

編撰這本《歲時記》，已歷時兩年又六個月。在麝燈小屋內看窗外歲時不同的景物，光陰正點滴般的流逝。我想到「涓滴而逝」這個詞語。那精細如棉紗纖維的文字讓我有了微妙的感覺。文字如水分子般滲入我的身體，給我以溫度與柔軟，變改了我的思想和氣度。俳句，非一種單純在炫學的詩歌創作，其高點在精神上的清澈澄明。此時我雖仍困惑於人情俗事，卻髣髴尋找到令我寧靜的兩扇門扉（兩行與切）。我靜靜的推門而入，那裡有沾上我身體的陽光或細雨，真摯而不偽，脫俗而不汙！

二〇二〇年八月四日 夜於嘉義麝燈小屋

序

華文俳句社主宰／洪郁芬

本書は中国語圏初の歳時記である。二〇一九年三月十八日から二〇二〇年六月二十二日まで、台湾、中国、香港、シンガポール、マレーシア、日本に所在する華語の詩人達により、華文俳句社で投稿した春、夏、秋、冬、合計三百八十三語の季語の約一千八百六十三句の俳句を収載した。

政治大学日本文学科の在学中、私は「台北俳句会」で『台湾俳句歳時記』の著者黃霊芝先生に俳句を学んだ。『台湾俳句歳時記』は二〇〇三年に日本の言叢社で発行され、台湾人によって編纂された日本語の歳時記と言えるだろう。この本は長年落ち葉の如く本のコレクションに蹲っていたが、意外にもある春の日、南向きの枝が芽を出し、青青く茂初めた。かような次第で私は吳衛峰、郭至卿、趙紹球などと華文俳句を提唱し、華文俳句社を創立して、「華文俳句叢書」を成立した。この歳時記の発行が、華語圏での華文二行俳句の礎石を築くことになるよう期待している。

「季語」は俳句の大切な要素である。昔の連歌が発句に折節の季題を詠み込む伝統を継ぐほか、季語は著者と読者に共通の場を提供し、短詩形の限られた字数の中でより広い意味の延伸の可能性を高める。季語の共有を通じて著者と読者は、地元の習慣、気候、風景、美学に根ざした共通の生活体験を呼び起こし、「切れ」と省略を美学とする俳句に豊かな余情をもたらすだろう。高浜虚子（1874-1959）は花鳥諷咏を唱え、立派な俳句を作る人はもとより成仏するという哲学（「俳諧須菩提経」）を説いた。俳句の秩序の要は「季題」で、歳時記は聖典の存在そのものであると言える。季語は俳句の題であり、人生を唱える十七音の舞台を支える大道具である。華文俳句は愛、旅行、または老年の題（無季）で、雑詠をすることもできるだろう。しかし、季題は人生の重要要素であり、それに関わる時令、天文、地理、生活、節日、動物と植物などは私たちの生活から切り離せられないテーマである。この歳時記が、中国語の俳句を書く際の手助けになり、華語圏の季語を学ぶための參考になれば幸いと思う。

季語の採択は、日本の主な出版社の歳時記に収載される共通の季語を三百六十六語選定した。これらの季語は歳時記の基本的な構造ばかりではなく、アジアでの共通の生活体験でもある。いくつかの季語は華語圏の気候と習慣にあわせるため、日本と違う季節に編入した。例えば、「七夕」、「年初」、「新学期」、「鰡」、「春菊」と「入学試験」等である。地方の特色を紹介するため、出版地（台湾）特有の季語を十七語追加した。例えば、「遶境」、「木棉花」、「昭和草」、「紅蔥頭」、「麻油雞」、「週年慶」、「火鍋」、「尾牙」、「騎樓」、「酸梅湯」、「花露水」、「阿勃勒」、「鳳凰木」、「黑面琵鷺」、「烏骨雞」、「紅蟳」、「開學」などである。季語の翻訳につきましては、直訳の他、華語圏文化の紹介のため、中国の古典詩の措辞を僅か一部だけ参考した。「梅雨晴」を「梅雨晴間」と「黃梅時晴」に翻訳したのがその一例である。

何故この歳時記の大部分が日本の歳時記季語を引用したのか？日本の歳時記は長い時間を経て体系的な構造を作り上げた系統的な季語の基礎であるからだ。その上、正岡子規が一八九五年に訪中した時の〈陣中日記〉（『正岡子規全集 第一巻』、改造社、一九三三）によると、例えば「山笑ふ」のように、日本の季語は中国の山水画論や文化から来たものもあるため、中国で日本の季語は比較的使いやすかったそうだ。また、子規が中国で日本の季語で俳句を詠みつづくことができたのは、中国と日本が一部の文学伝統を共有し（遣唐使、遣隋使の影響）、同じアジアのモンスーン地帯にあるためだと言えるだろう。更に、違う国の詩人によって同じ季語で書かれた俳句例文は、それぞれ異なる特徴を持ち、アジアの俳句における比較文学研究の価値ある参考にもなり得るだろう。

台湾（出版地）特有の季語を編入する際、加藤楸邨の『死の塔』（毎日新聞社、一九七三）を参考した。楸邨は昭和四十七年にシルクロードの旅を敢行し、百八十句の俳句を詠んだ。楸邨の季語の使いざまで目に付くのは、具体的に現地の小さな生物を取り上げ、酷薄の風土の上を流れる悠久な時間と、そのなかに生きるものの懸命な生の営みを描写したことだ。楸邨の『死の塔』に対して、虚子が滞欧中に詠んだ俳句は、現地の風物による季語を用いたものは数えるほどしかなく、「春の女」「春の寺」など、単に「春」の語を配しただけの例が大部分を占めていた。その後虚子は『渡仏日記』（改造社、一九三六）で、新たに夏の部に、熱帯という一部を設けてその熱帯の天文、地理、地名、動物、植物などを季題にするという熱帯季題論を提唱した。

華文二行俳句は二〇一八年創立以来、初期の現実描写と自分の姿勢を示す俳句から、現在の象徴的な、または物事の本質と心象風景を描いた俳句へと変貌し続けてきた。それは華文俳句社での百二十六回にも及ぶ俳句募集の経験に加え、参加した全ての詩人が過去二年間華文俳句を常に支え、懸命に精進してきたためだ。秀實、辛牧、林央敏、吳衛峰、余境熹、趙紹球、郭至卿、余問耕、莊源鎮、胡同、黃士洲、皐月、盧佳璟、穆仙弦、雨靈、俞文羚、林國亮、慢鵝、露兒、謝美智、雅詩蘭、曾美玲、简玲、明月、薛心鹿、简淑麗、楊博賢、Alana Hana、紫澤望、秋雨、简雅子、林百齡、李燕燕、陳瑩瑩、黃卓黔、廖清隆、工藤雅典、寧靜海、葉婉君、郁華、綠喵、曾小塔、吳添楷、謝祥昇、傑狐、林宣、ylohps、符湘默、季三、愛玉、洪梅籐、鐵人、蕭芷溪などの詩人達の積極的な參与があってこそ、この歲時記の誕生がある。また、華文俳句を常に支援して下さった俳句大学学長の永田満徳先生に感謝の意を述べたい。

至高の俳人である松尾芭蕉の俳句を例に挙げると、俳句の最高境地は「古池や蛙飛び込む水の音」の如く、句の意味に広がりがあり、軽みと心の味の三つを取り揃えた句である。その次が「梅が香にのつと日の出る山路哉」のような、句の意味に広がりがあり、軽みの境地の現実描写の句である。そしてその次が「閑さや岩にしみ入る蟬の音」のような、軽みのある現実写生句である。華文俳句の更なる発展が、俳句の最高境地に至れるばかりでなく、芭蕉の俳芸を継ぐ弟子たちのように、独自の句境を切り開いていけるよう期待している。

この歳時記の編集に二年六ヶ月かかった。窮燈小屋から窓外のさまざまな季節の景色を見て、時間は少しずつ過ぎ去った。俳句は研究のための文学ばかりではなく、精神を高める哲理でもある。私は現時点、まだ人間關係や平凡な事柄に戸惑っているが、目の前に静かに開く二つの扉（二行と切れ）を見つけた心境である。扉をそっと開ければ、体にこの上ない真摯な日光や霧雨が降り注ぐだろう。

二〇二〇年八月四日　嘉義窮燈小屋

目次

春 二・三・四月

時令

天文

地理

生活

節日

動物

植物

夏 五・六・七月

秋　八・九・十月

冬 十一・十二・一月

時令

動物

植物

春二・三・四月

春96 **時令** 立春 年初 春分 春曉 春午 暖 悠閒 明媚 乍暖還寒
驚蟄 清明 春宵 春北斗 永日 晚春 惜春 春闇 穀雨 春夢 **天文** 春光
朦朧月色 春雨 東風 春陰 春塵 春疾風 斑雪 霞 **地理** 春山 春水 春
泥 春潮 水亦暖 苗田 春土 春野 **生活** 遠足 春披肩 耕 肥皂泡 春裝
播種 晨寢 風車 鞦韆 氣球 春病 春燈 風箏 春愁 就職 春意 春聯
節日 情人節 愚人節 復活節 媽祖祭 嘉年華會 **動物** 蛙 貓之戀 蝶
鶯 燕 蜂 蠶 田螺 櫻花蝦 鳥卵 海膽 蛤 蜆 鳥囀 鳥巢 雲雀 鱒 **植物**
梅花 櫻 鬱金香 蒲公英 木棉花 杜鵑花 紫藤 柳 昭和草 桃花 蘆筍
韭菜 紅蔥頭 勿忘草 海苔 枸杞 金盞花 山葵 紫花地丁 萵苣 海棠

◎時令

【立春】

立春

二十四節氣之一。指國曆二月四日或五日。我國以立春為春季的開始。

挑選座右銘
立春……雨靈

鞭牛圖展移動的腳步
立春……皐月

老詩人贈予書香
立春……葉婉君

十六歲的告白
立春……慢鵝

豎起一顆顆雞蛋
立春……薛心鹿

【年初】

年初

【年頭、歲首】

年頭、年始

一年的開頭幾天。

窗玻璃裝飾剪紙藝術
年初……葉婉君

佛前一盞盞光明燈
年初……薛心鹿

釀樹葡萄酒
年初……簡玲

剛拆封的會議紀錄本
年初……雨靈

年初
燈下推演占星流年盤……穆仙弦

【春分】

春分

二十四節氣之一，為春季九十天的中分點，國曆日期約每年的三月二十一日。古時又稱為「日中」、「日夜分」、「仲春之月」。《春秋繁露．陰陽出入上下篇》說：「春分者，陰陽相半也，故晝夜均而寒暑平。」

女兒牆上的草半枯半榮
春分……趙紹球

春分
陽明山公園的寫生畫紙上一片紅一片綠．郭至卿

一半愛一半慾
春分……秀實

五五分帳
春分……謝美智

【春曉】

春曉

夜將盡，春天黎明前的薄明。唐．趙存約〈鳥散餘花落〉詩：「春曉游禽集，幽庭幾樹花。」

春曉
遠處傳來村莊的雞啼聲……郭至卿

春曉
披半襲蓑衣哼唱……林國亮

春曉
電腦前的黑眼圈……盧佳璟

一尊指天的雕像
春曉……莊源鎮

引磬輕和梵唄聲
春曉……慢鵝

【春午】春昼、春の昼

春日正午。溫暖明亮，悠閒舒適。

春午
漁舟在港灣裡打盹……莊源鎮

春午
母女牽著手走市場的身影……阜月

春午的茶席間
一部經……簡玲

球桌上的乒乓球
春午……廖清隆

窗紗內夢囈的娃娃
春午……慢鵝

【暖】暖か

氣溫不冷，和煦宜人的季候。

一室暖煦
不聞午間巷閭之聲……秀實

暖煦陽光
嬰孩對貓咪努努嘴……雅詩蘭

柴犬緊跟腳後慢跑
暖煦……穆仙弦

暖煦的古道
奉茶亭……簡玲

友善店家的一杯咖啡
暖……阜月

【悠閒、安閒】

長閒、のどかさ

閒適自得而無所牽掛。

悠閒
倚著欄杆與劍獅比賽對視……盧佳璟

悠閒
爺爺在至善園的長椅上餵貓……郭至卿

獨自夢幻湖垂釣
安閒……楊博賢

從頭至尾翻閱長篇小說
悠閒……余境熹

區間車一站一景色
悠閒……皐月

【明媚、明麗、麗日】

麗か、うらら、麗日

春日秀麗柔和，使萬物如玉般輝耀。

手肘伸出電車窗外
麗日……林國亮

咖啡屋前的花壇換了新土
明媚……雅詩蘭

古牆上婆娑的樹影
麗日……莊源鎮

古物店挑選玉鐲子
麗日……Alana Hana

畫框圈住一程山水
風光明媚……薛心鹿

【乍暖還寒】冴返る

春初氣候忽冷忽熱，冷熱不定。

小巷迎來送暖爐燈油的車
乍暖還寒……………………雅詩蘭

乍暖還寒
離人在驛站徘徊……………傑狐

經濟風暴來襲
乍暖還寒……………………雨靈

兩盞茶湯
乍暖還寒……………………簡玲

站在路邊吵架的小情侶
乍暖還寒……………………露兒

【驚蟄】啟蟄

二十四節氣之一。在國曆三月五日或六日，此時正值春天，氣溫回升，蟄伏冬眠的動物驚醒，開始活動，故稱。

掄起木屐打小人
驚蟄……………………薛心鹿

出門找工作的宅男
驚蟄……………………慢鵝

避疫逃城的人潮
驚蟄……………………謝美智

碰見警車的宵小
驚蟄……………………楊博賢

連著臍帶嬰兒初啼聲
驚蟄……………………簡淑麗

【清明（節）】清明（節）

清明，是中國四大節日之一、農曆二十四節氣之一。《曆書》：「春分後十五日，斗指丁，為清明，時萬物皆潔齊而清明，蓋時當氣清景明，萬物皆顯，因此得名。」清明最早只是一種節氣的名稱，其變成紀念祖先的節日與寒食節有關。

母親親手包裹的潤餅卷
清明……黃士洲

傘下溼了的衣襟
清明……林國亮

清明掃墓
蔓草裡開了一朵小花……盧佳璟

墳上濺溼的足印
清明……寧靜海

【春宵】春の宵

日落後不久的春夜，有優雅、浪漫的情趣。「春宵一刻值千金、花有清香月有陰。」

徹夜搖晃的燭火
春宵……黃士洲

山腳下暈開的萬家燈火
春宵一刻……趙紹球

春宵
手握紅酒杯的耳邊私語……郭至卿

掀起新娘的蓋頭
春宵……明月

夜店拎著吉他的新郎
春宵……露兒

【春北斗】春北斗

屬於大熊星座的一部分，由七顆星呈斗杓狀排列在北方的天空中。春天時在北邊明顯的位置。

通往香道教室的小路
春北斗……雅詩蘭

七星洞上的倒影
春北斗……楊博賢

一瓢飲的選擇
春北斗……秋雨

登山客找到路的方向
春北斗……皐月

腳板的七顆痣
春北斗……薛心鹿

【永日】日永

到了春天，白天的時間愈來愈長。雖然實際上是夏天的白日比春天長，但是因為春天鄰近冬天，所以心理上感覺春天的白日較長。

尼日的赤道線
永日……廖清隆

飄揚東京街上的國旗
永日……楊博賢

嬰兒張開了眼
永日……謝祥昇

晶瑩剔透的臉龐
永日……莊源鎮

蒲團上唸經高僧
永日……林百齡

【晚春】晚春

春季最後的一段時間，接近夏天。

白髮裡藏有幾絲黑髮
晚春……俞文羚

休假回鄉陪老母
晚春……黃士洲

老兵牽手中年妻子
晚春……雨靈

穿婚紗的大齡女子
晚春……愛玉

發財樹下的老夫妻
晚春……林百齡

【惜春】春惜しむ

惋惜春光。宋・辛棄疾《摸魚兒》詞：「惜春長怕花開早，何況落紅無數。」

石凳上鬢白的老兵
惜春……露兒

不停咔嚓響的鏡頭
惜春……薛心鹿

削髮為尼
惜春……Alana Hana

珍惜身邊的每一個人
惜春……ylohps

長廊的盡頭
惜春……秋雨

【春闇】 春の闇

春天無月的黑夜。黯淡中依稀感受春天的氣息。

【穀雨】 穀雨

二十四節氣之一。每年國曆四月二十或二十一日。表示降雨增多，有利於穀類生長。

【春夢】 春の夢

春天作的夢。因春天好睡，夢境容易忘失，故以春夢比喻短促易逝的事。唐・白居易〈花非花〉詩：「來如春夢幾多時，去似朝雲無覓處。」

雨在屋頂跳踢躂舞
春夢……林央敏

東之高閣的紅舞鞋
春夢……胡同

青梅竹馬的婚禮
春夢……皐月

樹後曼舞的印度情侶
春夢……露兒

電影裡的囚犯想逃獄
春夢……ylohps

◎天文

【春光】 春光

春天的風光景色，或是春天的日光。

比文字長久的巨木
春光……洪郁芬

春光
未加框的風景畫……郭至卿

讀著殘壁上的詩句
春光……雨靈

勞動者的額頭
春光……黃士洲

河床石卵上的赤足
春光……林國亮

【朦朧月色（月色朦朧）、淡月】

朧月、淡月

跟清澈的秋月相比，春天的月色如蒸氣蒙面，模糊縹緲。

月色朦朧
長椅上不敢牽起的兩手……盧佳璟

月色朦朧
居酒屋最後一個客人……阜月

獨自加班的泡麵
淡月……趙紹球

拾荒老人消失巷弄底
朦朧月色……黃士洲

窗外搖晃的枝影
朦朧月色……謝美智

【春雨、春霖】

春雨、春霖

細雨連綿，使草木萌芽。雨後的動物也顯得活躍。

春雨
閱讀連載的愛情小說……郭至卿

夢中的媽媽
春雨敲窗……雨靈

田裡插秧的農夫
春雨漫漫……莊源鎮

漫步過拱橋
春雨……慢鵝

放學的孩童跑過街
春雨……傑狐

【東風】東風

春天從太平洋吹往陸地的風。使雪融解，使梅花綻開。有時形成疾風使海浪高漲，天氣惡化。

東風起伏
夜裡學子準備會考……皐月

東風
青山的賓客……雨靈

巴黎街頭的珍珠奶茶館
東風……簡玲

空中展翼的滑翔傘
東風……林百齡

通訊錄上的牌搭子
東風……薛心鹿

【春陰】春陰

春季陰天。春季天陰時空中的陰氣，些許的憂。「世事紛紛人易老，春陰漠漠絮飛遲」（宋・陳與義）。

空懸的索道橫跨山巒
春陰……林國亮

春陰
河濱跑者的背影……盧佳璟

春陰
告別隱居深山……皐月

新型冠狀病毒
春陰……Alana Hana

鑽石公主號郵輪
春陰……慢鵝

【春塵（黃塵、沙暴）】春塵

春天多強風，常捲起塵埃和沙暴。春塵飛處，有時昏黝。

小學生口罩中央的溼印
春塵……林國亮

洗滌白布鞋
春塵……雨靈

春塵
低頭行走的駱駝隊伍……郭至卿

月台淡遠的列車
春塵……慢鵜

迎親車隊出發
春塵……薛心鹿

【春疾風】春嵐

春天的狂風，時而成風暴。春季是大氣環流由冬季向夏季轉換的過渡時期，冷暖空氣交換增強，因此風多。

廊下街友拖行的家當
春疾風……莊源鎮

病毒向世界擴散
春疾風……雨靈

春疾風
遠去的昨日冤仇……盧佳璟

貝雷帽飛落在地上
春疾風……雅詩蘭

垂下的羽毛球拍
春疾風……林國亮

【斑雪】 斑雪

春天山上殘留著斑駁的雪。或是下了又停，無法堆積的雪。

趕著繳稿的詩篇
斑雪……雨靈

觀賞不到結束的電影
斑雪……楊博賢

汽車拋錨不能動
斑雪……ylohps

來了又去的舊情人
斑雪……俞文羚

出洞覓食的殘印
斑雪……趙紹球

【霞】 霞

因日光斜照在雲層上，呈現出各種顏色的雲彩。如：「彩霞」、「雲霞」、「朝霞」、「霞海」、「春霞」等。

廣場大媽的七彩服裝
朝霞……薛心鹿

百看不厭的電影
霞……ylohps

放學回家笑瞇瞇的眼
彩霞……洪梅籐

鮮紅的大旗飛舞
彩霞……黃士洲

公關部女經理
彩霞……慢鵝

◎地理

【春山、春山笑】

春の山、山笑ふ

《林泉高致集》道：「春山淡冶而如笑，夏山蒼翠而如滴，秋山明淨而如妝，冬山慘澹而如睡。」

神龕上的一炷清香
春山含笑……趙紹球

仆倒在草地的孩子
春山笑……盧佳璟

奶奶和一隻流浪貓聊天
春山笑……雅詩蘭

青綠的眉黛
春山……林百齡

【春水、春川、春江】

春の水、春川、春江

暖煦平滑，波光粼粼。孕育生命之淡水。

隔岸高唱婚慶山歌
春水……林國亮

幾隻黑鳶盤旋天際
春川……莊源鎮

春江
慢跑鞋的韻律……傑狐

輕舟划過的水痕
春江……露兒

【春泥】春泥

春天的雨量多，氣溫低，土壤不容易乾燥。

春泥
點點滴滴的屋簷……傑狐

黃牛的蹄印
春泥……雨靈

春泥
小狗的足印斑斑……趙紹球

拿細樹枝寫字
春泥……黃士洲

【春潮、春海、潮泥灘】春潮、春の海、潮干潟

海潮在春天愈加明亮，靛藍逐漸變淺。潮汐的距離愈來愈遠，落潮時留下一大片潮泥灘。

鏡面輝映兩艘獨木舟滑行
春海……莊源鎮

少女泛紅的眼眶
春潮……傑狐

孩子追逐的笑聲
春潮……黃士洲

重遊情人灘
春潮已退……盧佳璟

【水亦暖】 水温む

水的寒氣漸退。池塘或河川的水使人感覺暖和。

船舷散著木香
水亦暖……盧佳璟

一手執鞋一手牽你手
水亦暖……林國亮

魚群洄游
水亦暖……雨霊

河岸的枝椏交會
水亦暖……雅詩蘭

小木橋頭的光腳丫
水亦暖……穆仙弦

【苗田、苗圃】 苗田、苗代

培育植物幼苗的地方。苗田是培育秧苗的田。苗圃是培育農作物幼苗或樹木幼株的園地。

細網外的昆蟲
苗圃……黄士洲

彎腰時衣角撩起
苗田……雅詩蘭

校園一隅
整齊排列的苗圃……洪郁芬

育兒袋輕輕搖晃
苗圃……簡淑麗

基礎幼教中心
苗圃……楊博賢

【春土】春の土

春天融雪後露出地面的土。被春雨浸溼，等待耕作或植物發芽。

湯島聖堂院中的孔子像
春土……雅詩蘭

孕婦的胎動
春土……薛心鹿

幼兒園的孩子們
春土……李燕燕

共舞華爾滋
春土……明月

【春野、春郊】春の野、春郊

春雪融，草木萌芽，日漸青綠的田野。

踏出監獄的更生人
春郊……黃士洲

手執各式拐杖的老同學
春郊……慢鵝

動物開嗓的聲音
春野……雨靈

舒伯特的夢幻曲
春野……明月

揹在肩上的水彩畫具
春郊……穆仙弦

◎生活

【遠足】遠足

幼稚園和小學春季的校外活動。公園常見老師帶領揹背包和水壺的可愛孩童。

遊覽車上爆開的乖乖
遠足……綠喵

小孩跟動物一起做鬼臉
遠足……阜月

特別早起床的孩子
遠足……郭至卿

兒童背包的科學麵
遠足……楊博賢

【春披肩、春披巾】春ショール、春マフラー

為禦寒或裝飾。成分是少量的毛料或絹。

遠山一層疊一層
春披肩……趙紹球

母親寄來的小包裹
春披巾……林國亮

少女額上飄拂的瀏海
春披肩……黃卓黔

書頁裡張愛玲的桌巾
春披肩……俞文羚

【耕】 耕

【春耕、耕牛、耕鋤、耕耘】 春耕、耕牛、田打、畑打

春季播種植苗前的犁地除草。

崇山峻嶺的懷裏屈膝
春耕……………………洪郁芬

伯父黝黑的肌膚
耕牛的叫聲……………雨靈

一坨坨粉紅色的福壽螺蛋
春耕……………………黃士洲

假日上山做農夫
春耕……………………ylohps

【肥皂泡】 石鹼玉

肥皂水的空心圓體薄膜，有著虹彩表面。肥皂泡的存在時間通常很短。

折射著清水寺的身影
肥皂泡…………………雅詩蘭

新郎新娘闖關遊戲
肥皂泡…………………明月

女星出浴圖
肥皂泡…………………李燕燕

小手搓洗布偶熊
肥皂泡…………………葉婉君

【春裝】春服

春天輕巧的服飾，有明亮的圖案和春天的色彩。

【播種】種蒔

撒布種子於土壤中。播種指播植稻種。播花種指播植花的種子。

【晨寢、晚起】朝寝

隨著春天到來，氣溫逐漸變暖，皮膚和肌肉毛細血管處於弛緩舒張的狀態，人會感到睏倦、疲乏、昏沉欲睡而早上晚起或睡早覺。

小貓爬上床頭靜盯著我
晚起……穆仙弦
父親搥打的房門
晨寢……黃士洲
穿上蒙娜麗莎的睡袍
晨寢……露兒
草堂裡的諸葛
晨寢……黃卓黔
揚塵而去的巴士
晚起……薛心鹿

【風車】風車

一種藉風力吹動紙輪的玩具。

紙風車
眼中翻轉的童年……皐月
無風
用筆尖轉動風車……盧佳璟
宜蘭童玩節
小孩手上的彩色小風車……郭至卿
飛躍不起的螺旋槳
風車……胡同
原地轉亮一片光明
風車……楊博賢

【鞦韆、秋千】

鞦韆、ぶらんこ

利用繩索的前後擺盪，讓遊戲者的身體隨鞦韆上下起落的一種遊戲。通常兩條繩索末端繫一塊木板、輪胎等。常見於幼兒園、小學的操場旁，或公園、遊樂園中。

一邊太陽一邊月亮
盪鞦韆……林國亮

產房外的新手爸爸
秋千……慢鵝

無憂晃盪的速度
鞦韆……莊源鎮

隨風擺盪的鞦韆
空巢老人……簡玲

【氣球】

風船

一種用來填充氣體的囊狀物，具有實用性，常被用作裝飾品和供兒童玩賞。

氣球飛上天
搆不著的童年……盧佳璟

小男孩哭了
破掉的氣球……謝美智

七彩的氦氣球
櫥窗玻璃反照穿梭的人潮……秀實

安寧病房的婚禮
氣球……明月

胖肚子的小丑
氣球……慢鵝

【春病、春傷風】春の風邪

風為春季的主氣，此季語係多風季節由風邪侵襲人體引起的常見外感熱病。「遊人便作尋芳計，小桃杏、應已爭先。衰病少情，疏慵自放，惟愛日高眠。」（宋．蘇軾）

背上兩排平行紫圓印
春病……林國亮

春病起
慢飲一杯金銀花茶……穆仙弦

春病臥床
窗外的嬉笑聲……盧佳璟

自我居家隔離
春傷風……謝美智

【春燈】春燈

春夜點燃的燈。華美及豔麗之感。

龍山寺香客祈福
春燈……穆仙弦

趕著腹中嬰兒的衣裳
春燈……皐月

遊蘇州古街水巷
春燈……慢鵝

土地公出借發財金
春燈……ylohps

秦淮河欸乃搖櫓聲
春燈……胡同

【風箏】 凧

一種玩具。通常以竹片為骨架，糊以紙、布等，用長線繫綁，可乘風飛升。

婆娑裡的一小微塵
風箏……莊源鎮

俯看世界的角度
風箏……愛玉

拉著天空的心事
風箏……謝祥昇

斷了音訊的人
風箏……俞文羚

【春愁】 春愁

春日的愁緒。南朝．梁元帝〈春日〉詩：「春愁春自結，春結誰能申。」

遮擋視線的瀏海
春愁……薛心鹿

望海巷的媳婦
春愁……慢鵝

隔日的剩飯
春愁……明月

望盡天涯路
春愁……秋雨

【就職】就職

正式上任、上班。

高鐵窗外閃過的家園
就職……慢鵝

塞滿行囊的末班車
就職……楊博賢

口沫滔滔的校長
就職……林百齡

戴上婚戒的那一刻
就職……薛心鹿

濺上全新西裝的泥水
就職……盧佳璟

【春意】春意

春天的景象。南朝梁·江淹〈臥疾怨別劉長史〉詩：「始懷未及歎，春意秋方驚。」宋·陳師道〈絕句〉二首之二：「丁寧語鳥傳春意，白下門東第幾家？」

轉角遇見心儀的人
春意……俞文羚

台大校園特展農產品
春意……林百齡

草坪上相視而笑的情侶
春意……穆仙弦

長出毛髮的光頭
春意……楊博賢

【春聯】春聯

農曆新年時，以紅紙書寫吉祥的聯語，張貼在門的兩旁。《儒林外史．第二十一回》：「打從浮橋口過，見那閘牌子家換了新春聯，貼得花花綠綠的。」

◎節日

【情人節】バレンタインの日

羅馬基督教殉教者華倫泰，於西元二六九年二月十四日受害而死，因其亦為情人的護衛者，後遂定此日為西洋的情人節。也稱為「華倫泰節」、「聖瓦倫丁節」。

【愚人節】四月馬鹿

歐洲人以四月一日為萬愚節，是日人們可互相愚弄以取樂，我國習稱愚人節。

從今天起不再說謊
愚人節……………………………盧佳璟

被暗戀的情人告白
愚人節……………………………趙紹球

今天不愛你
愚人節……………………………雨靈

愚人節
收到如真包換的假戒指……………皐月

【復活節】復活祭

基督教紀念耶穌復活的節日，約在每年春分後第一次月圓之後的星期日舉行。據說耶穌被釘死於十字架上，三日後復活，復活後四十日升天。

找到了你藏的彩蛋
分手三年後的復活節………………盧佳璟

學生眼眸閃亮的星
復活節……………………………洪郁芬

燃燒的巴黎聖母院
復活節前…………………………雅詩蘭

復活節
耳畔的奇異恩典……………………皐月

【媽祖祭、媽祖、遶境】

媽祖祭、媽祖、徒步巡礼

傳說中保護航海的女神。本姓林，名默娘，福建省莆田縣湄洲人。生於宋太祖建隆元年（西元九六〇）三月二十三日，死後升天為神，常顯靈庇佑海上漁民。相傳她穿朱衣，乘草蓆，在海上救助遇難的船隻。今福建、浙江、台灣沿海一帶皆有奉祀。

【嘉年華會】

謝肉祭

天主教國家在四旬節前三天至七天內，舉行以食肉嬉戲、縱酒狂歡、縱情歌舞為主的盛會。嘉年華為英語carnival的音譯。也稱為「狂歡節」、「謝肉祭」。

◎動物

【蛙】 蛙

一種兩棲的脊椎動物。四肢發達，前肢短小，後肢強大，趾間有蹼，善於游泳和跳躍。喜歡住在陰溼的地方。冬天有冬眠行為。吃害蟲，有益農作。卵生，幼稱「蝌蚪」。春季是青蛙的繁殖季節。

昏暗路上摟著爸爸
牛蛙……林國亮

夜蛙
酸澀的鄉音……雨靈

家人晚餐聊天
池塘邊的蛙鳴……郭至卿

寶寶玩捉迷藏
青蛙一躍……皐月

【貓之戀、貓叫春】 貓の恋、浮かれ貓

晚冬至初春是貓的發情期。

斯磨後的褲管留下毛尖
貓之戀……莊源鎮

深夜苦讀的考生
貓叫春……黃士洲

敲木魚誦經的和尚
貓叫春……林國亮

美夢中驚醒
貓叫春……盧佳璟

【蝶】

蝶

一種昆蟲。體形小，四翅大，多彩色。頭上有對複眼，兩個單眼，胸前長三對步行腳。喜歡在花間飛舞，傳播花粉。種類很多，如粉蝶、黃蝶等。俗稱為「蝴蝶」。

蝶猶在夢中
如常的南昌街口……趙紹球

滿桌亂書
窗臺來訪的舞蝶……盧佳璟

將士安息的古戰場
蝴蝶穿花而過……穆仙弦

小徑繞籬
蝶……Alana Hana

【鶯、黃鶯、老鶯】

鶯、黃鶯、老鶯

動物名。鳥綱雀形目。背灰黃色，腹灰白色，尾有黑羽，鳴聲宛轉動人。也稱為「黃鳥」、「黃鸝」、「倉庚」、「鶬鶊」。

鶯啼不止
通電話的情侶……盧佳璟

女高音演唱會
山谷傳來的黃鶯鳴叫……郭至卿

音樂教室的女學生
鶯囀……慢鵜

漫步林間的作曲家
黃鶯……薛心鹿

【燕】

燕

鳥綱燕雀目燕科。種類繁多，體小翼大，飛行力強。背黑腹白，腳短，不利於步行，但可用來抓握細小的樹枝或電線。尾長，分叉呈剪刀狀，有助於飛行時急速轉彎，以及保持身體平衡。每年產卵二、三次，每次約三至六個卵。常見的有毛腳燕、赤腰燕、洋燕、家燕等。

【蜂】

蜂

昆蟲綱膜翅目蜂類的泛稱。共含六科，約一萬二千多種。體長約一至三公分，會飛，多有毒刺，能螫人，常群居。較常見的有蜜蜂、黃蜂等。

【蠶】蚕

鱗翅目蠶蛾科和天蠶科昆蟲的通稱。能吐絲，以環節蠕動，胸腹及尾部有六對腳，以桑葉為食物。幼蟲成長，必蛻皮數次，每蛻一次皮便長大一些，最後結繭變蛹，化為蛾。蠶所吐的絲可以織成綢緞，對人類來說深具經濟價值。

【田螺】栄螺

軟體動物門腹足綱。殼很薄，呈圓錐形，黑褐色。口吻寬長，觸角長而細，眼有柄，位於觸角基部，腹足寬大，用來吸附它物。雌雄異體，胎生，產在淡水中，肉可食。

【櫻花蝦】 桜蝦

生長在一五〇至二五〇公尺不見陽光的深海，藉由自身的發光體，微微亮起迷人光芒，成群看起來就像是日本櫻花紛落般美景，故得其名。台灣東港至枋山沿岸海域是世界上除了日本靜岡縣駿河灣之外的唯一產地，日本已列為國寶級水產品。

廚房母親的背影
櫻花蝦煎蛋……………………………………黃士洲

幽暗無聲的深海
櫻花蝦……………………………………穆仙弦

中午下課鈴響
櫻花蝦飯便當……………………………………郭至卿

味噌湯裡的彩繪
櫻花蝦……………………………………雅詩蘭

【鳥卵、鳥蛋】 鳥の卵、小鳥の卵

鳥卵是鳥下的卵，孵化後為鳥。大多數的野鳥於春季繁殖。

每天暴力示威的青年
鳥卵……………………………………鐵人

比翼雙飛在水邊的葦稈上
鳥蛋……………………………………黃士洲

母親揹著嬰兒
乾草堆中的鳥蛋……………………………………郭至卿

羽翼下溫暖的愛
鳥蛋……………………………………穆仙弦

隔離期的雛娃娃
鳥卵……………………………………雅詩蘭

【海膽】雲丹

無脊椎動物棘皮動物門。雌雄異體，體呈球形，紫黑色，殼面硬棘叢生。以小生物和動物的碎片維生。

啖著甘甜中鹹味與辛辣
海膽刺身……鐵人

跋扈掩飾心軟
海膽……盧佳璟

雜亂的髮型
大快朵頤海膽……皐月

水中的勇氣
海膽……符湘默

退潮的礁岩縫
海膽……慢鵝

【蛤】蛤

泛指雙殼綱的水生動物。有兩片同樣大小的硬殼，呈卵圓形或三角形。斧足發達，可行走及挖沙。多生活於淺海的泥沙中。如：「文蛤」、「圓蛤」。

廚房裡叨唸的妯娌
吐砂的蛤蜊……盧佳璟

吐出的笑筊
蛤蜊殼……黃士洲

小朋友撇著嘴
蛤蜊開口……趙紹球

透露一點心事
文蛤……雨靈

【蜆】蜆

瓣鰓綱蜆科。似小蛤蜊，介殼表面有輪紋。肉可食，介殼磨粉可入藥。生活在淡水中。

舊家的後水溝
蜆……紫澤望

書童哈欠連連
蜆……林百齡

欲言又止的情詩
蜆……簡玲

噴口水吐槽
蜆……慢鵝

【鳥囀】囀

鳥鳴、鳥叫。唐．裴迪〈游感化寺曇興上人山院〉詩：「鳥囀深林裡，心閒落照前。」

爺爺戴上助聽器
鳥囀……簡淑麗

幼稚園下課
鳥囀……愛玉

情人間的呢噥軟語
鳥囀……俞文羚

不間斷吟唱詩歌
鳥囀……雨靈

山頂吹口哨的男子
鳥囀……胡同

【鳥巢】 鳥の巣

鳥窩。唐・孟郊〈寄洺州李大夫〉詩：「鳥巢憂迸射，鹿耳駭驚聞。」

舒伯特的搖籃曲
鳥巢……………………………簡玲

悠閒清淨的民宿
鳥巢……………………………明月

媽媽那一代的時髦
鳥巢……………………………黃卓黔

尋找慈母的身影
鳥巢……………………………雨靈

【雲雀】 雲雀

百靈鳥的別名。鳥綱雀形目百靈科。體形如鶺鴒而稍大，體褐色，雜有黑褐色斑，腹部白色，喉、胸部散布暗色斑點。上嘴尖有缺刻，翼尾均長，後趾之爪特長。能發出優美的叫聲。

校際歌唱比賽
雲雀……………………………愛玉

老壽星的長白眉
雲雀……………………………薛心鹿

如雷的掌聲響起
雲雀……………………………皐月

深山傳來心靈音樂
雲雀……………………………ylohps

【鱒】 鱒

脊椎動物亞門硬骨魚類條鰭亞綱鮭目。似鯶而小，鱗細，鱗後有一小黑斑，背濃藍，腹白，體長者至二尺餘，為冷水性魚種。

苗栗南庄人的熱情
鱒魚……皐月

舒伯特與斯爾泰小鎮
鱒魚……慢鵝

孩子們嘴抿目瞟
鱒……李燕燕

心靜如水的禪師
鱒……明月

◎植物

【梅花】 梅

梅樹所開的花。花五瓣，色白或紅，臘月開者稱為「臘梅」，早春開者稱為「春梅」。

遺照前的軍帽
梅花謝了……慢鵝

滿開的梅花
我的國人……皐月

梅花落
醃製脆果……謝美智

走下中山陵石階
梅花……胡同

【櫻】桜

落葉喬木。材質堅硬。春天開淡紅色或白色花。果實球形，紅色，可食。如：「櫻花」、「山櫻」。

嬰兒的睡姿千萬樣
初櫻……趙紹球

初櫻綻放
山上人家庭院……穆仙弦

餐布上的紅白菓子
櫻花樹下……林國亮

古樸磚瓦外
吉野櫻……皐月

吹進人止關的回風
緋寒櫻……胡同

【鬱金香】チューリップ

供觀賞的多年生草本植物，葉闊披針形，有白粉，花色有紅、白、黃、紫。花瓣為倒卵形，結蒴果。

桌上未拆的情書
含苞的鬱金香……郭至卿

含苞待放的鬱金香
少女微笑走過……穆仙弦

翻閱尼德蘭史
鬱金香……雨靈

戴上榮譽皇冠
鬱金香……楊博賢

搭船走過麗都運河
鬱金香……胡同

【蒲公英】

蒲公英

蒲公英為多年生草本植物，花莖是空心的，折斷之後有白色的乳汁。匙形或狹長倒卵形的葉子呈蓮座狀平鋪，羽狀淺裂或齒裂。春季花期為四至五月。蒲公英頭狀花序，種子上有白色冠毛結成的絨球，花開之後隨風飄到新的地方孕育新生命。

雲霄飛車上尖叫的孩子
蒲公英……………………………莊源鎮

用力吹散蒲公英
鐵窗裡……………………………盧佳璟

追著白雲的歡笑聲
蒲公英……………………………傑狐

蒲公英棉絮
夢裡草原的盡頭……………………洪郁芬

【木棉花（攀枝花、紅棉樹、英雄樹）】

木棉花、カポック、きわたの花

每年二至四月分先開花，後長葉。春天時，一樹橙紅。花後結橢圓形蒴果，約莫在五月時，果實會裂開，內裡的卵圓形種子連同由果皮內壁細胞延伸而成的白色棉絮會隨風四散。

收到了高溫通知
木棉花……………………………雨靈

一行童子軍宣誓
木棉樹……………………………林國亮

穿過教室的棉絮
木棉花……………………………黃士洲

木棉花棉絮
母親親手做的布娃娃………………皐月

【杜鵑花】躑躅

植物名。杜鵑花科杜鵑花屬，常綠灌木。葉呈橢圓形，春夏開紅、紫或白花。

歸家路上
杜鵑滿山開……趙紹球

滿山杜鵑
求婚的排場……盧佳璟

與夕陽遙相呼應的山路
杜鵑花……雅詩蘭

阿嬤的繡花旗袍
杜鵑花……胡同

杜鵑花開
女兒放下鏡子出門……慢鵝

【紫藤】藤の花

紫藤屬下有數十種，皆屬攀緣植物，原產於東亞與北美洲，有紫色、粉紅色或白色。隨風搖擺散發芳香。

窗外花棚垂下盛開的紫藤
翻開的愛情小說……郭至卿

陽光灑入清香茶館
紫藤飄逸……莊源鎮

潮溼的長橋
紫藤花……傑狐

越過童年的螺旋梯
紫藤……露兒

【柳】 柳

落葉喬木。枝細長，柔軟而下垂。開黃色花。種子有毛，成熟後會隨風飄散，通稱為「柳絮」。一般栽種觀賞或為行道樹。如：「楊柳」、「柳樹」。

船跡消失在盡頭
垂柳撫河……………………傑狐

一行垂柳淹在水中
浣紗的少女……………………林國亮

柳枝間的風
熟悉的髮香……………………盧佳璟

柳岸話別
男友的濃眉……………………雨靈

【昭和草】 昭和草、しまほろぎく

植物名。菊科昭和草屬，一年生草本。莖、葉鮮綠柔軟，葉緣呈鋸齒狀；花色紅褐；果實被絨毛。春季為最佳的採集季節，可食用。若遭蟲咬或擦傷，可將莖、葉搗碎敷於患部，效果頗佳。

古剎的木魚聲
昭和草……………………傑狐

昭和草
蘭嶼天空的飛機……………………雨靈

阿嬤的炒野菜
昭和草……………………慢鵜

飄散的降落傘
昭和草……………………明月

【桃花】 桃の花

桃樹所開的花。唐・杜甫〈曲江對酒〉詩：「桃花細逐楊花落，黃鳥時兼白鳥飛。」《儒林外史・第二回》：「雖是鄉村地方，河邊卻也有幾樹桃花、柳樹，紅紅綠綠，間雜好看。」

水墨畫的落款印章
霧裡桃花……傑狐
幾枝桃花插滿瓶
白牆……穆仙弦
穿著白背心的潮州阿伯
桃花……薛心鹿
詩人的城南軼事
桃花……胡同

【蘆筍】 アスパラガス

又名石刁柏，為天門冬科天門冬屬多年生開花草本植物。蘆筍原產於歐洲大部分地區，以及北非和西亞，是被廣泛種植的蔬菜作物。綠蘆筍和白蘆筍只是有無照到陽光的區別。

務農的雙手
白瓷盤裡蘆筍的翠綠……郭至卿
蘆筍青
嘰嘰喳喳的姐妹……傑狐
八掌溪畔風飛沙
蘆筍幼綠……莊源鎮
清脆的短笛
蘆筍……Alana Hana

【韭菜】韭

植物名。石蒜科蔥屬，多年生草本。高三十餘公分，葉細長而扁，叢生；花六片，白色。果實呈倒心形，內有黑色種子。葉、花香嫩，均可供食用。

【紅蔥頭】紅蔥頭
【油蔥】油蔥

以珠蔥植株，成熟時會結出肥大的蔥球，等蔥葉乾紅了就可以採收。顏色偏紅，供食用，一般主要用來爆香、包餡。

【勿忘草】
勿忘草

是紫草科的一個屬。春季時，它們擁有蔓延莖及互生葉，會開出花瓣平展並有裂片五枚而且直徑小於一釐米的小型藍色花卉，同時亦經常發生白色花或粉紅色花的顏色變異。

【海苔】
海苔

石蓴科海苔屬。體略呈圓形、無孔，邊緣縐縮，高約九至十公分，呈黃綠色。生長在淺海岩石上，可食用。

【枸杞】 枸杞の実

茄科枸杞屬，落葉灌木。高一至三公尺，葉具短柄，披針狀長橢圓形或倒卵形。花淡紫色，漿果紅色，圓形或橢圓形。果實可以入藥，有明目、滋補的功能。根皮、枝葉也可作藥用，能解熱、消炎。

輕輕放下老花眼鏡
啜一口枸杞茶……趙紹球

練完氣功
煮一壺枸杞子茶……穆仙弦

郵包裡的枸杞
母親的牽掛……雅詩蘭

紅色的眼淚
枸杞……黃士洲

【金盞花】 金盞花

菊科金盞草屬，一年生或二年生草本。一年生者於秋冬開花，二年生者於春夏開花，多為乳黃色或橘紅色。果實為小乾果，彎曲有刺。也稱為「金盞草」、「長春花」。

金盞花兒開了
內灣舊戲台……洪郁芬

把妳的青春敷在臉上
金盞花……露兒

與陽光相知相惜的默契
金盞花……明月

思念的盼望
金盞花……莊源鎮

【山葵】山葵

一種屬於十字花科山俞菜屬的植物，又稱為「山俞菜」，味道極其強烈。山葵通常以莖部出售，需要磨成細泥狀才能使用。

被剁削的小市民
山葵……………………………………露兒

山妖的故事辛辣地嗆出鼻音
山葵……………………………………簡淑麗

夫妻相處
山葵……………………………………Alana Hana

白雪公主後母的嘴臉
山葵……………………………………簡玲

【紫花地丁、堇菜】堇、堇草

堇菜科堇菜屬，多年生草本。高三四寸，葉呈長卵形，有刺毛，春夏間，花莖由葉叢之間生出，花有淡紫、白等色，結蒴果。莖、葉、果實均可入藥，可治癰、疽、疔腫等病。

海岸線最美的情人道
紫花地丁……………………………………趙紹球

白色小木屋的庭院
紫花地丁……………………………………穆仙弦

故人歸來的小徑
紫花地丁……………………………………謝美智

頒獎典禮的亮眼禮服
紫花地丁……………………………………皐月

【萵苣】萵苣

菊科萵苣屬，一年生或二年生草本。葉互生，無柄，分結球和不結球兩大類，葉形因品種而異。莖、葉可供食用，為歐美普遍生食的蔬菜。

【海棠】海棠

薔薇科蘋果屬，落葉喬木。葉叢生，呈卵形或長橢圓形，三、四月時開紅色花。種類很多，有單瓣或重瓣等。果實球形，味酸。

夏 五・六・七月

夏99

時令 立夏 麥秋 短夜 暑熱 暑天 初夏 涼 清和 仲夏 夏至 小暑 三伏 大暑 晚夏 溽暑 **天文** 南風 梅雨 梅雨晴間 梅雨陰翳 雷 驟雨

積雨雲 夏星 夏雲 夏月 **地理** 泉 瀑布 夏山 夏之庭 清水 夏海 夏田 夏濤 **生活** 夏裝 冰淇淋 冰咖啡 汗 泳衣 扇 電風扇 新茶 果凍 竹簾 香水

汽水 陽臺 短褲 暑假 小船 曬黑 大學學測 蕾絲 檸檬水 裸身 太陽鏡 粽 啤酒 騎樓 酸梅湯 **節日** 母親節 端午 中元節 父親節 七夕 **動物** 螢 螞蟻

蟬 豆娘 蜘蛛網 兜蟲 蚊 蜥蜴 鰻 白鷺 鹿茸 熱帶魚 海龜 蝸牛 蛾 蒼蠅

植物 阿勃勒 浮萍 鳳凰花 酢漿草 紫陽花 百合花 木瓜 萬綠 蝴蝶蘭 向日葵 薰衣草 薔薇 瑪格麗特 尤加利 睡蓮 合歡 西瓜 香瓜 曇花

◎時令

【立夏】

立夏

二十四節氣之一，大約國曆五月五日。立夏是夏天的開始，雖然感覺稍早。

大紅跑車鳴笛飛馳
立夏……露兒

孩童手拿蛋坐好
立夏……郭至卿

好天氣外公掛犁耙
立夏……慢鵝

水塘音樂會開幕典禮
立夏……黃卓黔

剪掉一束髮尾
立夏……簡淑麗

【麥秋】

麦の秋

麥熟的季節。通指農曆四、五月。陳澔集說：「秋者，百穀成熟之期。此於時雖夏，於麥則秋，故云麥秋。」

麥秋……慢鵝
迷你裙國中生

麥秋……林國亮
晾曬在陽臺的鹹魚

麥秋……薛心鹿
追趕鳥兒的黃金獵犬

麥秋……俞文羚
細嚼口裡的饅頭味

麥秋……ylohps
畫家米勒拾穗者

【短夜】 短夜

自春分開始白日增長。夏至是一年當中夜晚最短的日子。太陽直射點在北回歸線附近，北半球各地的正午太陽高度角處於一年中的較大值，因此造成夏日晝長夜短。

短夜
漫漫白日夢……盧佳璟

打瞌睡的學生
短夜……黃士洲

斷捨離的抉擇
短夜……趙紹球

短夜
忐忑的新嫁娘……皐月

奮力敲打鍵盤的網路作家
短夜……林宣

【暑熱、熱、暑】 暑熱、暑さ、暑

夏天的炎熱。熱和暑皆指氣溫上的高溫。衍生季語有盛暑、酷暑、熱氣、暑氣等。

大排長龍的超商
暑熱……黃士洲

工地的空罐堆
暑熱……慢鵝

遠處走來的六塊腹肌男
暑熱……露兒

香氣雜陳的快炒
暑熱……胡同

鐵皮屋內噴漆工人
暑熱……林百齡

【暑天、熱日】暑き日、熱き日

夏天、熱天。唐・羅鄴〈題水簾洞〉詩：「每向暑天來往見，疑將仙子隔房櫳。」

壓縮機嘶吼的街巷
暑天……慢鵝

牛頭冒出水面
暑天……林國亮

熱日
街上的露背裝女郎……皐月

樹蔭下喝椰花酒的印度人
暑天……薛心鹿

熱日
腕上的手錶印……陳瑩瑩

【初夏、孟夏、夏始】初夏、孟夏、夏始

夏季的第一個月。又稱孟夏。農曆四月，進入夏季。天空晴朗，氣溫尚未高升。週末或休假常見訪山尋海的旅遊客。

衣櫃更換芳香劑
夏始……雨靈

老夫妻的環島之旅
夏始……皐月

戴斗笠提起釣竿
夏始……明月

佛前供養一朵玉蘭花
孟夏……簡玲

【涼】涼し

【清涼、涼意、晨涼、夕涼、涼夜】

涼気、涼意、朝涼し、夕涼、涼夜

溫度低，沒有溫熱感覺的。微寒。

涼夜
庭院一尊小沙彌雕像……雨靈

晨涼
頂樓上揮旗養鴿男……林百齡

涼意
電子琴花車飆舞少女……楊博賢

涼意
收件匣上被退的稿件……簡玲

晨涼
河邊互相追逐的魚兒……露兒

【清和】清和

形容初夏天氣清明和暖。清和亦是農曆四月的俗稱。唐・韋莊〈和同年韋學士華下途中見寄〉詩：「正是清和好時節，不堪離恨劍門西。」昇平的景象。《漢書・卷四十八・賈誼傳》：「海內之氣清和咸理。」

清和
廣場上的大媽舞……林國亮

清和
神社此起彼落的人聲……雨靈

清和
美術館裡移動的腳步……皐月

清和
遶湖的腳踏車隊……慢鵝

【仲夏】仲夏

夏季的第二個月，即農曆五月。《禮記・月令》：「仲夏之月，日在東井。」

【夏至】夏至

二十四節氣之一。約當國曆六月二十一或二十二日，該日太陽直射北回歸線，北半球白晝最長，夜晚最短；南半球相反。也稱為「北至」、「夏節」。

【小暑】 小暑

二十四節氣之一。為國曆七月七日或七月八日。小暑為夏至後的節氣，這時候天氣非常熱，但還不是最熱，所以稱為「小暑」。

讀情書的微笑
小暑……郭至卿

躲在百貨公司的遊戲區
小暑……皐月

欲睡媽媽手中的病兒
小暑……露兒

掉出護照的度假機票
小暑……雨靈

等待放榜的學生
小暑……黃卓黔

【三伏】 三伏

初伏、中伏、末伏的合稱。從夏至後第三個庚日起，每十日為一伏，分別為初伏、中伏、末伏，是一年中最熱的時候。《金瓶梅．第八回》：「那時正值三伏天道，十分炎熱。」

樹蔭下伸長舌頭的長毛狗
三伏……胡同

治病養生於小小方寸間
三伏……穆仙弦

喝割稻仔茶的農民
三伏……謝美智

晚餐的酥皮濃湯
三伏……秋雨

【大暑】

大暑

極熱的天氣。二十四節氣之一。在國曆七月二十三日或二十四日。

戰馬涉澤越川翻嶺奔馳
大暑……莊源鎮

燒乾的鐵鍋
大暑……符湘默

成堆回收的礦泉水空瓶
大暑……黃士洲

門階前擁吻的情侶
大暑……慢鵜

大暑
柏油路上車影扭曲……盧佳璟

【晚夏】

晚夏

指農曆六月，為夏季最燠熱的月令。古代中國有避暑習俗，謂六月為「三伏之節」，伏者隱伏而避夏也。唐·駱賓王〈晚泊江鎮〉詩：「荷香銷晚夏，菊氣入新秋。」

晚夏
披著一件薄紗的仕女……皐月

十年苦讀定乾坤
晚夏……黃士洲

都蘭灣椰林踏浪
晚夏……胡同

網路的愛情騙子
晚夏……ylohps

【溽暑】溽暑

夏季潮溼悶熱的氣候。《禮記・月令》：「是月也，土潤溽暑，大雨時行。」

溽暑
論文寫一行改一行……余境熹

變形的生日蛋糕
溽暑……雨靈

乾枯的水庫
溽暑……謝美智

怪脾氣的畫家
溽暑……莊源鎮

證券行緊盯電視牆跳動
溽暑……簡淑麗

◎天文

【南風】南風

從南向北吹的風。南朝梁・簡文帝〈金閨思〉詩二首之二：「南風送歸雁，聊以寄相思。」也稱為「薰風」、「凱風」。

室內牆上浮現抽象畫
南風……莊源鎮

觸摸嬰兒的肌膚
南風乍起……趙紹球

澎湖媽宮神廟碑
南風頌……慢鵝

留聲機沙沙的雜音
南風……薛心鹿

【梅雨】梅雨

【黃梅天、黃梅雨】梅雨空、梅の雨

華南地區每年五至七月、日本南部六至七月初，因東南季風滯留而帶來綿綿不斷的雨水，因正值梅子成熟，故稱為「梅雨」。

街道青黃紅綠的傘影
黃梅雨……莊源鎮

娃兒哭不停
梅雨……盧佳璟

儲藏室裡的油紙傘
梅雨……薛心鹿

病毒全境擴散
梅雨……簡玲

【梅雨晴間】梅雨晴

【黃梅時晴】梅雨晴る

梅雨季節的晴天。氣溫和溼度遽升。

梅雨晴間
撥水換氣……盧佳璟

救災行動傳來好消息
梅雨晴……郭至卿

復職掛號信件函
黃梅時晴……簡淑麗

奶奶在廳中觀看黑白電影
黃梅時晴……露兒

黃梅時晴
研習金融知識……雨靈

【梅雨陰（翳）】梅雨曇

【黃梅曇天】ついり曇

梅雨時期的陰天，烏雲密布。

閱讀台灣文學史
梅雨陰翳……雨靈

提包內的補妝盒
黃梅曇天……慢鵝

鄰座空蕩
梅雨陰……洪郁芬

簷下緊封的老甕
黃梅曇天……胡同

肺部無法消除的黑影
梅雨陰……楊博賢

【雷】雷

【雷鳴、遠雷、雷聲、雷雨】雷鳴、遠雷、雷声、雷雨

空中帶正、負電的雲層相碰時，因為放電而震動空氣所發出的巨響。如：「打雷」、「雷聲」。

收到情人的喜帖
一聲雷……郭至卿

嬰兒的驚啼聲
打雷……謝美智

超市打架的大嬸
雷聲……慢鵝

被老婆找到的私房錢
雷鳴……莊源鎮

【驟雨】 驟雨

夏日忽然降落的大雨，時有雷鳴，雨後風涼。驟雨一般為時數分鐘至數十分鐘。《三國演義‧第八〇回》：「忽然臺前捲起一陣怪風，飛砂走石，急如驟雨，對面不見。」

綁上大凶的籤詩
驟雨……盧佳璟

哭泣的巴黎鐵塔
驟雨……露兒

簷下有節奏的大小水缸
驟雨……胡同

驟雨
陌上的塵土……簡玲

匆忙離去的背影
驟雨……薛心鹿

【積雨雲、雷雨雲】 雲の峰、入道雲

一種因強烈的上升氣流而形成的雲層。外形底部平坦，色灰白，頂部色白隆起呈纖維狀或鐵砧狀。為垂直發展最強的雲，常伴有雷雨冰雹。也稱為「雷雨雲」。

六四天安門事件
積雨雲……郭至卿

積雨雲
老母陰沉的臉色……盧佳璟

猿葉蟲過境菜園
雷雨雲……林宣

停下祈雨舞
雷雨雲……雨靈

劇情懸疑諜對諜
雷雨雲……林百齡

【夏星】夏の星

夏日夜空閃爍的星星。暑熱中的星光很有涼意。

父親背影的熾熱
仰望夏星……黃士洲

桌上擺著台灣寄來的《創世紀》
夏星……雅詩蘭

在古寺簷角上入定的禪
夏星……穆仙弦

初讀莎士比亞十四行情詩
夏星高掛……曾美玲

求愛的加分點
夏星……楊博賢

【夏雲】夏の雲

夏季盛行東南風，一掃懸浮在空氣中的污染物，空氣乾淨了，在烈日的照射下，雲層多變。大朵白雲裝飾藍天，饒富生命力。

博物館廊道的維納斯
夏雲……莊源鎮

夏雲
桌上的漂浮奶茶……皐月

天上消隱的城堡
夏雲……謝美智

天空穿上短裙
夏雲……符湘默

咬棉花糖的小女孩
夏雲……慢鵝

【夏月】夏の月

夏日入夜後暑氣漸消，掛在天空的月亮使人感到涼爽。

唱一段思想起
夏月……趙紹球

榨出城市的寧靜
夏月……符湘默

板凳旁的蚊香
夏月……謝美智

圍在爺爺身邊聽故事
夏月……薛心鹿

伏在小路邊的黑狗
夏月……林國亮

◎地理

【泉、泉水】泉、やり水

山中的岩隙等，由地底下自然冒出的水流。在地表形成小溪或小池。細細的湧流聲或透明的水很有涼意。

小沙彌的挑水桶
山泉……慢鵝

晨曦坐湖畔心石
聽泉……白燕燕

涓細明滅的浮光
泉湧……莊源鎮

石壁上的洞眼
山泉水……薛心鹿

親聆教宗週日彌撒
湧泉……胡同

【瀑布】 滝

河流或溪水經過河床縱斷面的顯著陡坡或懸崖處時，成垂直或近乎垂直地傾瀉而下的水流景象。北魏．酈道元《水經注．江水注》：「懸泉瀑布，飛漱其間。」《西遊記．第一回》：「順澗爬山，直至源流之處，乃是一股瀑布飛泉。」

烏黑亮麗的頭髮
瀑布……………………………………黃士洲

象牙的墳場
瀑布傳說……………………………………慢鵝

尋找彩虹的情侶
瀑布……………………………………謝美智

瀑布流瀉
想著俳句的詩人……………………………………皐月

【夏山】 夏の山

【青嶺、翠巒】 青嶺、翠巒

夏日綠茵茵的，草木鬱蒼茂盛的山。無論梅雨中的，或岩壁輝耀的，皆生機盎然。

雲縫中一道天光射下
青嶺綿綿……………………………………穆仙弦

十三姨的綠旗袍
翠巒起伏……………………………………慢鵝

戴綠帽子的童子軍
翠巒……………………………………林國亮

牧神的午後序曲
夏山……………………………………曾美玲

高海拔的防疫標語
夏山……………………………………雨靈

【夏之庭、夏庭】

夏の庭、夏の園

夏日綠意盎然的庭院。樹蔭下放置長凳或設計瀑布景觀。蟬鳴或豆娘作伴。

雨後夏庭
彩墨未乾……盧佳璟

夏之庭
樹下玩木頭人的孩子……皐月

太太手中的俳句選
夏庭……趙紹球

散列曝曬的書冊
夏庭……林百齡

單身派對的最後一夜
夏之庭……ylohps

【清水】

清水

清澈而不含雜質的水。岩壁流出的，或是地下、山澗、苔地、草間湧出的水。

藏族大禮拜
山清水……雨靈

把你的名字寫下
清水……莊源鎮

閃爍亮光的苦花魚
清水……黃士洲

孩童晨起誦詩
清水……曾美玲

提著木桶的小沙彌
一瓢清水……薛心鹿

【夏海】夏の海

夏天是年輕人到海邊遊玩的季節。湛藍的海和白雲象徵旺盛的青春。

【夏田、旱田】夏畑、旱畑

土地表面不蓄水或缺乏灌溉設施的田地。多種植不需要大量水分的作物，如花生、棉花、小麥等。

【夏濤、夏浪】夏涛、夏の波

夏日的豔陽下連續拍岸的海浪，彷彿有旺盛的生命。

社會新鮮人日記上的工作規劃
夏濤……郭至卿

窗內飄來「南海情歌」的歌聲
夏濤……雅詩蘭

木吉他撥弦的音色
夏浪……洪郁芬

吹奏十二孔陶笛
夏濤……雨靈

報名當志工的專業護理人員
夏濤……黃士洲

◎生活

【夏裝、夏服】夏服、麻服

夏天的服裝。使用麻或棉等透氣布料。

換了身夏裝
地上紛落的羽毛……盧佳璟

落葉灌木叢中一樹的茜
夏裝……雅詩蘭

手臂上的刺青
夏裝……黃士洲

走出城堡的公主
夏裝……雨靈

幫紙娃娃換裝的女孩
夏服……林宣

【冰淇淋】アイスクリーム

以乳脂肪加入砂糖、香料、雞蛋、玉米粉、動物膠等，經攪拌和冷凍而成的半固體冷凍甜食。由英語 ice cream 翻譯得名。也稱為「冰激凌」。

鎌倉小町街的金字招牌
紫芋冰淇淋……雅詩蘭

四位美女迎面而來
冰淇淋……露兒

童年的小美歌謠
冰淇淋……林百齡

孩子咧嘴時的小酒窩
冰淇淋……林國亮

【冰咖啡】アイスコーヒー

冰的咖啡。咖啡為英語「coffee」的音譯。茜草科咖啡樹屬，陰光性常綠灌木。原產於東非，現多栽培於熱帶地區。種子焙乾後研成細末可沖泡為飲料，有健胃及興奮神經的功效。

老派約會的波麗路西餐廳
冰咖啡……莊源鎮

在文青小店滑手機
冰咖啡……趙紹球

融化的冰山
冷萃咖啡……謝美智

相視不語的情侶
冰咖啡……慢鵜

【汗】汗

【汗水、流汗】汗水、汗ばむ

動物皮膚毛孔所排泄出來的體液。宋・蘇軾〈菩薩蠻・回文夏閨怨〉詩：「香汗薄衫涼，涼衫薄汗香。」

三角函數練習題
滴不停的汗珠……雨靈

閃爍的汗印
滑梯……林國亮

行走六百階梯山頂
汗水奔騰……莊源鎮

為守護海洋而淨灘
斗大的汗水……穆仙弦

勢均力敵的拔河
汗水……林百齡

【泳衣、泳裝】海水著、水著

游泳時所穿的緊身衣服。也稱為「泳衣」。

眼睛朝同一方向掃描
泳衣……露兒

邁阿密海灘上的色差
泳裝……林宣

老婆的帽子突然遮眼
泳衣……慢鵝

十八歲女兒的成年禮
泳裝……皐月

胖嬰兒露出小肚腩
泳裝……ylohps

【扇】 扇

搖動生風的用具。

【扇子、古扇、小扇】 扇子、古扇、小扇

年輕的風水大師
摺扇……林國亮

唐伯虎的詩作牌坊
扇子……露兒

山水雲間的風景
古扇……莊源鎮

頤和園的小橋流水
繡花摺扇……雨靈

新娘丟出信物
古扇……簡淑麗

【電風扇、電扇】 扇風機

藉螺旋槳葉或渦輪鼓風器來帶動空氣，使空氣流通的裝置。

飯店大廳的機器人接待員
轉動的電風扇……郭至卿

漫飛的稿紙
電風扇……皐月

二百萬人的遊行
手提電風扇……林國亮

爸爸一個月的薪水
大同電扇……曾美玲

模特兒飄逸的長髮
電風扇……薛心鹿

【新茶】新茶

新茶，是指當年春季從茶樹上採摘的頭幾批鮮葉加工而成的茶葉。為求其鮮嫩，一些茶農在清明節前就開始採茶。

朋友到訪的敲門聲
沏好的新茶……趙紹球

天公落水客家山歌
採茶……慢鵝

百年老屋
一壺新茶……盧佳璟

雙手端上新茶
成績表……林國亮

傳唱繚繞的半山謠
採新茶……胡同

【果凍】ゼリー

將洋菜、糖、果汁等加水熬煮後，再凝結製成的半固體食品。

女孩鼓起嫩頰
果凍輕彈……盧佳璟

孩子放學回家洗手坐好
果凍……郭至卿

頭枕父親的大肚腩
果凍……俞文羚

興奮揮動湯匙的小手
果凍……薛心鹿

Q彈的嬰兒肥
果凍……簡玲

【竹簾】青簾

用竹篾或竹絲編製的簾子。多用遮蔽門窗。

一陣暗香凝住
竹簾微動……趙紹球

捲起的竹簾
坐禪……林國亮

捲起竹簾
青天白雲擠上窗來……穆仙弦

篩下光影的竹簾
暮歸的腳步聲……胡同

探視端坐的年邁長輩
竹簾……慢鵝

【香水】香水
【花露水】花露水

一種把香料溶在酒精裡做成的化妝品。

母親身上的古早味
花露水……謝美智

借閱你翻過的圖書
香水……林國亮

夢露的五號內衣
香水……胡同

案件裡的線索
香水……雨靈

揮手道別
袖口殘留的香水……盧佳璟

【汽水、碳酸飲料】ソーダ水、炭酸水

將碳酸氣溶於水中，再加入糖和果汁而成的飲料。清末由歐洲傳入，因荷蘭為當時歐洲的主要通商國，故也稱為「荷蘭水」。也稱為「蘇打水」。

碰撞嘴巴嗶啵的聲響
汽水……………………謝美智

辦桌的流水席
汽水冒泡……………………莊源鎮

柑仔店的彈珠汽水
鄉下的阿嬤……………………慢鵝

造勢活動結束
汽水瓶山丘……………………雨靈

老街射氣球換禮物
碳酸飲料……………………ylohps

【陽臺、露臺】バルコニー、露台

樓房的平臺。有欄杆，可在此曬衣物，或登眺、乘涼。無頂也無遮蓋物之平臺稱露臺，有遮蓋物者之平臺稱陽臺。

把身影拉長的校長
露臺……………………露兒

鐵窗上乾枯的蝶豆
陽臺……………………黃士洲

陽臺
最美的風景是人……………………趙紹球

隨風掉落的衣物
露臺……………………謝美智

陽臺上的大提琴手
封城令……………………簡玲

【短褲】半ズボン

長度不超過膝蓋的褲子。

夜市閒晃的情侶
短褲……慢鵝

灘頭浪花輕拍
短褲……穆仙弦

瓦爾登湖水半淹釣魚人的腿
短褲……雅詩蘭

短褲下一雙雙毛腿
中學童軍……林國亮

雙雙奔跑的細腿
短褲……雨靈

【暑假】夏休み

學校的常態期末假期，通常在夏天的七、八兩月間實施。

暑假
雲霄飛車上的喊叫……皐月

捉泥鰍灌蟋蟀跳房子
暑假……穆仙弦

手遊破關的歡呼聲
暑假……雨靈

玄關丟下的書包
暑假開始……盧佳璟

爸爸媽媽的瘋狂日記
暑假……林宣

【小船、小舟、划艇】ボート

用人力划槳使船隻在水面前進的小船。按船隻的類型分賽艇、皮艇和划艇三種。

【曬黑、防曬】日焼、日焼止め

皮膚暴露在陽光的紫外線下產生黑色素而變黑。過量暴曬會造成「曬傷」。

【大學測、大學指考】入学試験

在台灣舉行的一種大型考試，用來鑑定學生是否具有進入大學的基本常識。而固定每年七月舉辦的指考則是用於大學分發入學。

滿地補習班文宣
大學學測……黃士洲

指考試場
筆掉落聲響……盧佳璟

大學學測考完
美國的國慶……趙紹球

鐘鼓齊鳴的孔廟祈福古禮
大學學測……穆仙弦

口罩下的青春痘
大學學測……雨靈

【蕾絲】レース

由繞環、絞織或編織而成的裝飾性網狀鏤空織物。為英語lace的音譯。可做成頭紗、髮巾、襯裙、衣邊、窗簾等。

站前穿軟萌蘿莉短襪的女學生
蕾絲……雅詩蘭

陽光透過的窗櫺
蕾絲……郭至卿

維多利亞的華麗舞衣
蕾絲……簡雅子

孟德爾頌仲夏之夢
新娘的蕾絲……明月

細心布置的女嬰兒房
蕾絲……皐月

【檸檬水、檸檬碳酸水】

レモン水、レモンスカッシュ

將檸檬汁溶於水或碳酸水的飲品。

女子白皙的肌膚
檸檬水……穆仙弦

訓導主任清晨的鬼臉
檸檬水……林國亮

零錢掉落的聲音
檸檬水……陳瑩瑩

網路上的酸民
檸檬水……明月

在咖啡館的相遇
檸檬水……紫澤望

【裸身、赤膊】

裸身、裸

裸露上身不穿衣服。《喻世明言・卷三六・宋四公大鬧禁魂張》：「只見一個漢，渾身赤膊。」也稱為「赤背」。

兩袖清風士大夫
裸身……莊源鎮

阿爸挑磚頭的背影
赤膊……Alana Hana

初生人間的嚎啕大哭
裸身……穆仙弦

大爺們在院子門前圍桌下棋
赤膊……雅詩蘭

童年水桶裡的美好時光
裸身……露兒

【太陽鏡、墨鏡】サングラス

黑色透明水晶所製成的眼鏡。今泛指深色的太陽眼鏡，有養目和避免強烈光線刺眼的作用。

飛揚的白雲朵朵
太陽眼鏡……趙紹球

看見你眼中的太陽
太陽鏡……鐵人

失眠的黑眼圈
墨鏡……黃士洲

頭上的臨時髮夾
太陽眼鏡……雅詩蘭

潮境公園靜默的椅子
墨鏡……莊源鎮

【粽、粽子】粽

用竹葉、蘆葉等包裹糯米和作料，紮成角錐形，蒸煮熟後，剝開葉子食用的食品。通常在端午節時食用。

轉送多手的禮物
冷凍粽……慢鵝

全家團聚
一串粽子……盧佳璟

各取所需
南北粽……雨靈

沒有鹹蛋黃的粽子
弟弟的嘴角……林國亮

樣貌平凡的翹楚女博士
粽子……露兒

【啤酒】ビール

以大麥為主要原料，加葎草或啤酒花所釀製成的酒。為英語 beer 的音譯。味道微苦，含泡沫及特殊香味，是酒精含量較低的一種酒。

世足賽的實況轉播
啤酒瓶開罐的啵啵聲……郭至卿

動物吠叫聲
一地壓扁的啤酒罐……雨靈

啤酒敲擊聲響亮
半杯泡沫……盧佳璟

深夜食堂晃動的人影
啤酒……曾美玲

與摯友互訴心事
桌上傾倒的啤酒……俞文羚

【騎樓】亭仔腳

一種特殊建築。將一樓臨街部分建成走廊，上方為二樓樓層，宛如二樓騎在一樓上，故稱為「騎樓」。

花磚上的溼腳印
騎樓……林百齡

街市陽光熱情的問候
騎樓……莊源鎮

摩托車的展示場
騎樓……明月

老街騎樓
鏽損的三輪車……盧佳璟

借宿的流浪漢
騎樓……楊博賢

【酸梅湯】酸梅湯

以梅子浸水和糖製成的飲料。滋味酸甜可口。

◎節日

【母親節】母の日

國際上為崇揚母愛的偉大所定的節日。西元一九一九年由美國加維斯女士發起，意在安慰歐戰中陣亡將士的妻母，後遂定每年五月的第二個星期日為「母親節」。母親們在這一天裡通常會收到孩子們送的禮物。康乃馨被視作最適於獻給母親的鮮花之一。

【端午】端午

【蒲節、端陽節、五月節、天中節】

菖蒲の節句、重五、五月の節句

民間三大傳統節日之一。相傳戰國時楚國三閭大夫屈原在農曆五月初五投汨羅江，後世為紀念他而有吃粽子及龍舟競渡等風俗，再加上民間的鬼神信仰，家家戶戶插蒲艾、喝雄黃酒、掛鍾馗像來除瘟辟邪。

【中元節、盂蘭盆節】中元、盆兒舞

農曆七月十五日。道家因相信地官於此日下降，定人間善惡，故道觀於此日作齋醮薦福。後演變為民間的祭祖日，家家追薦祖先亡靈，並以豐富的菜餚、放河燈等儀式，普度眾家孤魂野鬼。

【父親節、爸爸節】 父の日

民國三十四年八月八日，上海各界人士發起，以八月八日為父親節，因「八八」二字發音類似「爸爸」，並表示感念親恩之義，由政府正式核定。也稱為「爸爸節」。

父親節
身著特製家庭服聚餐……皐月

父親節
吃水果拜樹頭……符湘默

父親節
牙牙學語呼喊的第一個人……明月

父親節
牆上掛著嚴肅面貌的兒童畫……雅詩蘭

【七夕】 七夕

農曆七月七日的夜晚。相傳為天上牛郎織女一年一度相會的時刻，後世以此日為情人節。婦女會在此日於庭院中陳列瓜果祭拜，並穿七孔針以向織女乞求巧藝。

七夕
地震是恐怖的情人……辛牧

七夕
儲滿一整年的告白……慢鵜

七夕
掬一束玫瑰花在街角等待……穆仙弦

七夕
乞求巧手覓良緣……秋雨

七夕
攜手漫步天空步道……謝美智

◎動物

【螢】蛍

【初螢、螢火、朝螢、夕螢】初蛍、蛍火、朝の蛍、夕蛍

昆蟲綱鞘翅目螢科。夏天生於水邊，長三分許，能飛，夜間腹部會發出燐光，食害蟲，對農作物很有益處。也稱為「丹鳥」、「火蟲兒」。

無眠暗夜思故人
螢火點點……莊源鎮

我在這裡妳在哪裡
初螢……慢鵜

下班飛奔而來的女友
螢火……簡淑麗

耳邊傳來媽媽的呼喚聲
初螢……趙紹球

【蟻、螞蟻】蟻

泛指節肢動物門昆蟲綱膜翅目蟻科的動物。體小、長形，黑或褐色，觸角長，有一對複眼。行團體社會生活，有蟻后、工蟻、兵蟻之分。

路過男女的竊竊私語
螞蟻……露兒

地上新畫的跳飛機
螞蟻……林國亮

妳留下的杯
螞蟻列隊綿延……盧佳璟

圍著蛋糕的螞蟻群
遊樂場旋轉木馬……郭至卿

【蟬】蟬

【初蟬、朝蟬、夕蟬、夜蟬】初蟬、朝蟬、夕蟬、夜蟬

同翅目蟬科。四翅薄而透明，雄蟬腹胸交界處有發聲器，收縮振動得以產生鳴聲，雌蟬則無鳴叫能力。幼蟲於地下挖洞穴居，以吸食植物根部的汁液為生。待幼蟲成熟，則爬上樹幹羽化。也稱為「知了」。

沉心靜坐
一片蟬翼……盧佳璟

脫去七年之癢
初蟬……慢鵝

遠山出岫的雲
一聲知了……趙紹球

搶購民生物資的人潮
夕蟬……簡玲

【豆娘】糸蜻蛉

一種昆蟲。節肢動物門昆蟲綱。體小色綠，形狀像蜻蜓，比蜻蜓小，靜止時兩對翅直立在背上，常在水邊或草地上飛翔，以吃小蟲維生。也稱為「豆娘子」。

少女戲水
豆娘……盧佳璟

來無影蹤的心事
豆娘……露兒

豆娘
傳宗心字訣……慢鵝

開襠褲幼兒水塘邊玩耍
豆娘……ylohps

濁池映出老宅倒影
豆娘……胡同

【蜘網、蜘蛛絲】蜘蛛の囲、蜘蛛の糸

是由部分種類的蜘蛛吐絲所編成的網狀物，用以捕獲昆蟲、小型脊椎動物等作食物，或用以結巢居住。沾了露珠或透光的蜘蛛網甚美。

全球航空公司的飛機航線圖
蜘蛛網…………郭至卿

大面蛛網
迷途…………盧佳璟

捉不住時間
蜘蛛網…………雨靈

縱橫交錯的道路
蜘蛛網…………黃士洲

閣樓上藏著的日誌
蜘蛛網…………露兒

【兜蟲】兜虫
【甲蟲、獨角仙、鍬形蟲】甲虫、皀莢虫、鍬形

鞘翅目昆蟲的統稱。前翅革質化，靜止時，左右翅在背上正中線合而為一，並可蓋住膜質後翅和腹部。甲蟲類約有二百科，分布廣泛，除南北極外，棲息地遍布全球。

怪手挖掘的黃泥路
獨角仙…………趙紹球

軍事演習移動的坦克車隊
穿梭草間的獨角仙…………郭至卿

爭鬥一個人生
獨角仙…………紫澤望

身穿防護裝備的消毒人員
甲蟲…………黃士洲

【蚊】

蚊

形體細長，胸部有一對翅膀和三對細長腳的昆蟲。雄蚊主食花蜜和植物汁液，雌蚊則多數以人畜的血液為食。卵產於水面，孵化為水生幼蟲，後蛻化為蛹，再變為成蟲。能傳染黃熱病、瘧疾、絲蟲病和登革熱。

黑暗中徹響的掌聲
蚊子……趙紹球

吻你卻被賞了一巴掌
蚊子……露兒

噴藥消毒的化學兵
蚊子……黃士洲

公園打卡的贈品
小黑蚊之吻……慢鵝

【蜥蜴】

蜥蜴

脊椎動物爬蟲綱有鱗目石龍子科。種類繁多，體型隨種類不同而有差別，身長多在三十公分左右，四肢粗短，具有鉤爪或吸盤，尾巴遇敵害會自動斷掉，以轉移敵人的注意力。捕捉昆蟲和其它小動物為食，溫帶和寒帶地區蜥蜴有冬眠的習性。

蜥蜴
政客的外套……余問耕

沉思的詩人
蜥蜴……林國亮

滑翔機跑道上左右搖擺滑行
沙地爬行的蜥蜴……郭至卿

東邊日出西邊雨
蜥蜴的眼睛……秀實

【鰻、鰻魚】 鰻

脊椎動物亞門硬骨魚綱鰻目。頭尖，體圓柱狀而細長，似蛇，富黏液，滑溜難抓。生長於河流湖泊中，產卵期則游至海中繁殖。

從手中溜走的鰻魚
童年……盧佳璟

葬在深海的夢
鰻魚……洪郁芬

無法掌控的時光
鰻魚……莊源鎮

被騙簽下保單的大嬸
鰻魚……露兒

塭水面的白波翻捲
鰻魚……楊博賢

【白鷺】 白鷺

鳥綱鸛鷺目。羽毛純白，只有嘴與腳呈黑色，夏季頭頂處生純白色長毛。以水中的魚類、水生動物和昆蟲為食物。大量啄食田中害蟲，是一種益鳥。也稱為「鷺鷥」。

一個又一個相同的夢飛過
白鷺……秀實

反覆巡田
白鷺……盧佳璟

沼澤的圍棋粒
白鷺……雨靈

一行天際舞
白鷺……黃士洲

動物園封館
沖天的白鷺……趙紹球

【鹿茸】 鹿の袋角

初生的鹿角。鹿角在未發育完成前較為柔軟，上面覆蓋著密布血管的皮膚，長著天鵝絨般的細毛，故稱為「鹿茸」。是一種珍貴的中藥材，中醫用作滋補強壯劑，對體質虛弱、精神衰弱等有療效。

幼兒拔乳牙的哭喊聲
鹿茸……………………郭至卿

被矇住雙眼的梅花鹿
鹿茸……………………謝美智

只願翻閱神農本草經
鹿茸……………………穆仙弦

翻開清宮祕密檔案
鹿茸……………………胡同

【熱帶魚】 熱帶魚

產於熱帶或亞熱帶地區的水域，具觀賞性的淡水、海水魚類的通稱。熱帶魚種類繁多，色彩綺麗，形態怪異，體小活潑。

每一隻都是色彩學大師
熱帶魚……………………穆仙弦

公園裡跳呼拉舞的太太們
熱帶魚……………………雅詩蘭

海底殘破沈船
熱帶魚……………………盧佳璟

氣泡的藍世界
熱帶魚……………………雨靈

落在水裡的七色弓
熱帶魚……………………秋雨

【海龜】海亀

爬蟲綱龜鱉目。頭大，嘴鉤曲，四肢呈鰭足狀，每肢只有一爪。尾短，背褐色，腹淡黃色，體長可長達一公尺。以魚、蝦、海藻為主食。主要棲息在熱帶海洋。台灣海域常可見到另一種全身綠色的綠蠵龜。

洲際巡洋艦
海裡悠遊的海龜……郭至卿

吸管不再擦肩而過
海龜……露兒

橫越太平洋的塑膠袋
海龜……林國亮

殷墟甲骨上的文字
海龜……簡玲

【蝸牛】蝸牛

軟體動物門腹足綱。為一種有肺的軟體動物，外殼扁圓。頭有四個觸角，其中一對較長。尖端有眼，用腹足蠕動前進。雌雄同體，對農作物有害。

戰鬥機飛過天際
蝸牛爬行……莊源鎮

瓦爾登湖密林小屋外的沉思者
蝸牛……雅詩蘭

看著草叢的運動員
蝸牛……雨靈

肩揹書包的學童
蝸牛……俞文羚

完成夢想的作家
蝸牛……明月

【蛾】

蛾

鱗翅科昆蟲的總稱。與蝶相類似但軀體肥大，觸角細長如絲，翅面灰白色，靜止時呈水平放置。大都屬於晝伏夜出。種類甚多，如天蛾、蠶蛾、燈蛾等。

圍繞街燈飛舞的群蛾
大學新鮮人的營火晚會……郭至卿

守夜的警衛
蛾……明月

醉在燈火闌珊處
飛蛾……秋雨

燈下熬夜寫作
飛蛾……曾美玲

火燭前凝望的女子
蛾……簡玲

【蒼蠅、蠅】

蠅、家蠅

昆蟲綱雙翅目蠅科的通稱。體長約七公釐，生有濃密短毛，頭上有複眼，口器伸為管狀，適於舐食。生長繁殖極快，會傳染霍亂、傷寒、結核、痢疾等的病原菌。

用複眼看透人生
蒼蠅……露兒

晚課經文回唱
蒼蠅嗡嗡……莊源鎮

花瓣上的短暫停留
青蠅……穆仙弦

死性不改的老頭子
蒼蠅……明月

詩評集內筆畫繁多的字
蒼蠅吵嚷……秀實

◎植物

【阿勃勒、黃金雨、金鍊花】

南蛮皀莢、ゴールデン・シャワー

蘇木科鐵刀木屬，落葉喬木。樹木高大，樹姿優美，葉小，呈羽狀複葉。夏初開花，色澤黃亮，結圓筒狀莢果，暗褐色，內有紅褐色種子，可食。多用來作觀賞植物或行道樹。

讀罷最後一首詩
漫天的黃金雨……趙紹球

鋪張迎賓
阿勃勒步道……盧佳璟

校門口的阿勃勒
早晨的第一聲招呼……皐月

拍畢業照的學長姐
黃金雨……黃士洲

【浮萍、青萍、水萍】

萍、青萍、浮草

浮萍科浮萍屬，一年生草本。一年生水草，葉扁平而小，三葉相集，為橢圓形，葉下叢生鬚根，隨水蕩漾，多分布於稻田、溝渠、池塘中。比喻行蹤不定。《紅樓夢．第九回》：「偏那薛蟠本是浮萍心性，今日愛東，明日愛西。」

天色倒影裡漂泊
浮萍……慢鵝

魚缸浮萍底下的長鬚根
小孔雀魚穿梭……穆仙弦

難民分布的地圖
池塘的浮萍……郭至卿

翻閱小說《飄》
庭院的浮萍……謝美智

【鳳凰花、鳳凰木】鳳凰木

蘇木科鳳凰木屬，落葉中喬木。二回羽狀複葉，花序繖房狀，夏季盛開，花瓣五片，焰紅色，雄蕊十枚，莢果扁平、木質。主供觀賞，為極佳的行道樹及庭園樹，木材亦可供為薪炭之用。

女生宿舍門口
最後一眼的鳳凰花道……慢鵝

埋下時空膠囊的小丘
鳳凰木……林國亮

窗外鳳凰花開
休學住院中……盧佳璟

頑童戲耍大關刀
鳳凰木豆莢……薛心鹿

【酢漿草、酢漿草花】すいも草、酢漿の花

酢漿草科酢漿草屬，多年生匍匐性草本。生原野，小葉三片呈三角形，有長柄，花淡黃色，實為蒴果，熟則綻裂，飛散種子。因莖葉皆有酸味，也稱為「酸漿」、「鹽酸草」。

勾勾手的青梅竹馬
酢漿草……慢鵝

初戀的少女
印著酢漿草的信紙……郭至卿

鄰童相爭
鬥酢漿草……盧佳璟

指間傳遞的祝福
酢漿草……紫澤望

【紫陽花】紫陽花

【繡球花、八仙花】刺繡花、四葩の花

忍冬科繡球花屬，落葉灌木。一株莖上端有許多分枝，葉對生，呈卵圓形或橢圓形，邊緣呈鈍齒狀。春月開花，五瓣，百花成朵，團圓如球，色白或淡紅、淡藍，極為美麗。也稱為「瑪哩花」、「紫陽花」。

紫陽花搖
遁入幽間細徑……洪郁芬

天界女神抛下的繡球
紫陽花……穆仙弦

變色的戀情
八仙花……慢鵜

繡球花圃
待嫁娘的笑顏……盧佳璟

【百合花、百合】百合の花、百合

百合科百合屬，多年生草本。鱗莖呈球形，白色。莖直立，葉呈披針形。夏天開花，花蓋呈漏斗狀，氣味芳香，有多種花色。

海中緩行的輪船
岸邊百合花……莊源鎮

菩薩低眉
供桌上的百合花……謝美智

一束百合
聖母月的奉獻……阜月

聖則濟利亞教堂的婚禮
百合花通道……雅詩蘭

清晨的號角聲
百合……秋雨

【木瓜】パパイヤ

木瓜科木瓜屬，為熱帶及副熱帶植物。雌雄異株。葉為掌狀分裂，花色淡黃或白，雄花呈總狀花序，雌花則蓄生於頂端葉柄基部。果實多肉，亦稱為「木瓜」，可直接食用，亦可入藥，有健胃功效。

祖厝圍籬
木瓜結實纍纍……慢鵝

父親蹲下的背影
暴風後的木瓜園……黃士洲

笑容滿盈
木瓜盅甜品……盧佳璟

特調木瓜牛奶
長長的排隊人龍……皐月

【萬綠、綠葉】万緑、青葉

指大片綠葉叢。夏日綠葉茂密成長，富有生命力。

萬綠山水尖石
姑娘紅……辛牧

男湯大眾澡堂
萬綠……慢鵝

林務局巡山員直升機上執勤
層疊的萬綠……郭至卿

萬綠叢
小情侶的悄悄話……皐月

劇團跑龍套的小角色
綠葉……ylohps

【蝴蝶蘭】

胡蝶蘭

蘭科蝴蝶蘭屬。產於台灣及菲律賓。氣根扁平，表面帶綠色。葉長十五至三十公分，寬三至九公分，革質滑澤。二至五月間自短莖抽出六十公分許的花軸，其各節具白色鱗葉，多數並著生大形花，有純白、淡紅等色，脣瓣固著蕊柱基部處，則有細小之紫紅色斑點。

唐代仕女跳舞的畫作
蝴蝶蘭……郭至卿

主婚人的笑顏
蝴蝶蘭……雨靈

男孩肩膀甜睡的女孩
紅心蝴蝶蘭……慢鵝

蝴蝶蘭
舞者的裙襬……盧佳璟

【向日葵、太陽花】

向日葵、日車

菊科向日葵屬，一年生草本。葉卵形，夏日開黃色大花，頭狀花序，花常朝向太陽，子可食，並可榨油。

向日葵田
看空無一鳥的熱鬧……秀實

仰望愛人的臉龐
向日葵……簡雅子

幼兒看著準備餵食的母親
向日葵……郭至卿

星際未解的螺旋
太陽花……莊源鎮

路跑選手衝向黃絲帶
向日葵……簡淑麗

【薰衣草】ラベンダー

原產於地中海沿岸，屬於唇形花科的常綠小灌木。成株時可高達約六十公分，因為有讓人安寧鎮靜及潔淨身心的效用而廣受歡迎。

普羅旺斯薰衣草花田
蜜月……皐月

紫色的酣夢
薰衣草香氣……秀實

櫥窗展示的紫紗睡衣
薰衣草……謝美智

作白日夢的少女
薰衣草……露兒

女神的裙襬
薰衣草……秋雨

【薔薇、玫瑰】薔薇、花薔薇

薔薇科薔薇屬，常綠或落葉灌木。枝幹多刺，葉為奇數羽狀複葉，邊緣有鋸齒。花朵為兩性花，有紅、白、黃等色，富有香氣。可作觀賞用，亦可加工製作薔薇油和薔薇露。

沾血的皇冠
薔薇戰爭……郭至卿

玫瑰花瓣夾著山豬肉
汝乃山……洪郁芬

戀上陽光的顏色
薔薇……符湘默

歌劇裡善變的卡門
帶刺玫瑰……曾美鈴

【瑪格麗特、木春菊】マーガレット、木春菊

菊科多年生草本植物，原產於澳洲。以白色品種居多，主要分布在中部中高海拔山區，如：玉山，園藝栽培另有粉色和黃色等品種，黃色品種常被叫作情人菊。

演奏長笛的少女
瑪格麗特……雨靈

計算不清的少女心
木春菊花瓣……盧佳璟

自製的餅乾
瑪格麗特……雅詩蘭

舊照片背後的名字
瑪格麗特……薛心鹿

【尤加利】ユーカリの木

桃金孃科桉樹屬，常綠喬木。高三十餘丈，樹皮粗糙，狀如杉皮。生長甚速，葉卵形或披針形，表面深綠色，背面淺綠色。原產於澳洲，我國亦有栽培。

葉片有乾坤
尤加利……明月

細嚼慢嚥的無尾熊
尤加利葉……穆仙弦

天橋上走著失戀的妹妹
尤加利……露兒

漫步芬多精的小徑
尤加利……謝美智

樹下光影斑斕
尤加利香味……盧佳璟

【睡蓮】 睡蓮

睡蓮科睡蓮屬，多年生水生草本。生長於沼澤間，根莖短，直立於水底泥中。葉卵形而闊，浮於水面。開白、粉紅、粉紫、黃、藍等色花，多為晝開夜閉。果實內含有多數種子，成熟後在水中裂開，隨水漂流，遠播他方。分布於亞洲、北美洲、澳洲等地。

晚風輕吹正好眠
睡蓮……秋雨

只許清晨拜見的高士
晝開睡蓮……穆仙弦

燦爛之後道晚安
睡蓮……符湘默

尼羅河的女兒
大白睡蓮默默開放……皐月

【合歡、絨花樹】 合歓の花、絨花樹

豆科，落葉喬木。葉似槐，羽狀複葉，因小葉在白晝是張開的，至夜間或遇酷熱時則合攏，故名合歡。花紅色，果實扁平。

閉上眼睛的鳥兒
合歡……謝美智

夜半倚門望君歸
合歡……秋雨

憩亭擁抱的老夫妻
合歡……楊博賢

珍藏多年的龍鳳褂
合歡……薛心鹿

【西瓜】

西瓜

葫蘆科西瓜屬，一年生草本。莖蔓生多分歧，有卷鬚，常攀緣它物生長。葉形似羽狀複葉。夏季開淡黃色花朵，雌雄同株。果實亦稱為「西瓜」，呈球形或橢圓形，果皮有白綠色的蛇斑，果肉通常為紅色或黃色，水分多，味甜。

戴西瓜皮帽子
父子的遊戲…………郭至卿

機關槍似的吐籽
西瓜…………露兒

捲起袖子捐血
西瓜汁…………謝美智

享受了暢快還來吐槽
西瓜…………鐵人

【香瓜、甜瓜、哈密瓜】

メロン、マスクメロン、夕張メロン

植物名。瓜科，一年生蔓生草本。原產於熱帶地方的印度和非洲一帶。花黃色，實橢圓，供食用，有香氣。

把魚尾紋全暴露出
哈密瓜…………露兒

詩詞讀罷猶有餘韻
香瓜…………穆仙弦

百子千孫
香瓜…………符湘默

缺牙齒的爺爺
盤子裡的哈密瓜…………郭至卿

手作禪繞畫
哈密瓜…………謝美智

【曇花、月下美人】女王花、月下美人

仙人掌科曇花屬，多年生多肉質草本。主枝圓柱形，新枝扁平，色綠，呈葉狀。花大，白色，生在分枝邊緣上，多在夜間開放，但是不久即凋謝。

兩個人的夜色
曇花……………………………………秀實

童話故事灰姑娘的南瓜馬車
曇花……………………………………郭至卿

星子一閃而過
曇花……………………………………謝美智

一襲白色蓮蓬裙
月下美人………………………………穆仙弦

那夜默視兩時辰
曇花……………………………………慢鵝

秋八・九・十月

秋93

時令 立秋 殘暑 濕秋 初秋 秋晨 秋曉 白露 秋分 秋爽 秋氣 長夜 寒露 霜降 秋雨 秋曇 秋日 明媚 秋水 新涼 秋風 冷涼 秋寒

地理 秋田 秋郊 秋江 錦山 秋色 秋意 花野

天文 上弦月 露 半月 滿月 中秋無月 十六夜 雨夜月 颱風 下弦月 魚鱗雲 流星 星月夜

節日 中秋 教師節 重陽 萬聖節

生活 煙火 稻草人 秋扇 開學 賞月 秋耕 豐收 荒歉 運動會 麥茬 秋裝 秋燈

動物 蜻蜓 啄木鳥 螳螂 蟋蟀 候鳥 鹿 秋刀魚 伯勞 蝗 鮭 鱸 野豬 雁 菜蟲

植物 芋頭 狗尾草 芒 梨 芭蕉 辣椒 荻 桃 葡萄 秋海棠 柚 秋草 秋葵 柿子 馬鈴薯 楓 栗 落花生 玉蜀黍 銀杏黃葉 蘋果 曼珠沙華 金桔

◎時令

【立秋】

立秋

二十四節氣之一。指國曆八月七日、八日或九日。中國以立秋為秋季的開始。

樹掉下第一片葉子
立秋……郭至卿

阿公清晨打哈啾
立秋……慢鵝

橄欖油塗滿背部膀胱經
立秋刮痧排毒……穆仙弦

痱子粉灑滿脖子
立秋……簡淑麗

農民祭祀土地神
立秋……明月

【殘暑】

殘暑

尚未散盡的暑氣。唐．白居易〈曲江早秋〉詩：「早涼晴後至，殘暑瞑來散。」暮夏。唐．白居易〈秋涼閒臥〉詩：「殘暑晝猶長，早涼秋尚嫩。」

街角塞滿的舊衣回收箱
殘暑……穆仙弦

後山上鳴不停的夜鷺
殘暑……雅詩蘭

剝落的種子
殘暑田埂……簡淑麗

殘暑
會後的紅燈籠……余境熹

社會新鮮人退了又退的履歷
殘暑……皐月

【濕秋】秋湿り

因為長久下雨而使秋天的空氣潮溼。秋天因為有晴朗氣爽的日子，對照下更顯得潮溼。

發黃的筆記本
濕秋……雨靈

暴跌的股價指數
濕秋……莊源鎮

回憶父母的點滴
濕秋……阜月

濕秋
鏡片上的指紋……陳瑩瑩

孕婦噙淚的雙眼
濕秋……林百齡

【初秋】初秋

秋季的第一個月，農曆七月。三國魏・曹植〈贈丁儀〉詩：「初秋涼氣發，庭樹微銷落。」

逐日泛白的鬢角
初秋……簡雅子

氣象預報第一道鋒面的新聞
初秋……郭至卿

初秋
爺爺靜心寫書法……阜月

孩子忍不住幾聲咳嗽
初秋……穆仙弦

街頭吵架的戀人
初秋……薛心鹿

【秋晨、秋朝】

秋の朝

秋天的早晨。

炊煙裊裊的山居聚落
秋晨……慢鵝

響徹的鐘聲
秋晨……雨靈

尋覓食物的鳥兒
秋晨……黃士洲

巡田準備收割的父子
秋晨……曾美玲

腳前不斷飛走的鴿子
秋晨……林國亮

【秋曉】

秋曉

秋天的黎明。日出時間變晚，空氣涼又清淨。

墓園低囈禱文的親人
秋曉……慢鵝

秋曉
一杯杏仁茶暖身……皐月

一片葉落下
秋曉……簡淑麗

溫柔夢醒
秋曉……盧佳璟

秋曉漫行山寺石階
手洗杓……胡同

【白露】白露

二十四節氣之一。在國曆九月八日或九月九日。天氣漸轉涼，夜間水氣在物體上凝結成露。白露是八月節氣，古人以四時配五行，秋屬金，金色白，故以白形容秋露。

躲在公園角落的銀髮老人
白露……鐵人

伊人在水一方
白露……秋雨

奶奶點人工淚液
白露……洪梅籐

嫦娥落寞淚
白露……李燕燕

【秋分】秋分

二十四節氣之一。在國曆九月二十三日或二十四日，這天太陽幾乎在赤道的正上方，晝夜的時間等長。

提早回家的羊群
秋分……俞文羚

庭上法官表情肅穆
秋分……薛心鹿

吹亂了美人頭
秋分……洪梅籐

過剩的月餅禮盒
秋分……傑狐

北京城西的月壇遺址
秋分……穆仙弦

【秋爽】爽やか

秋日的涼爽之氣。

洗完澡甩頭甩身的野狗
秋爽……皐月

完成學術論文
秋爽……雨靈

風吹露天咖啡雅座
秋爽……穆仙弦

公園裡閒坐的人
秋爽……薛心鹿

頹圮護欄竄出一串紅
秋爽……林百齡

【秋氣】秋気

秋天蕭索的氣息或氣勢。唐・杜甫〈曲江三章章五句〉詩三首之一：「曲江蕭條秋氣高，菱荷枯折隨風濤。」意與蕭索的意思。

豆花擴音器叫賣聲
秋氣……洪梅籐

武當山上眺望群峰
秋氣……穆仙弦

黃絨絨的高美溼地
秋氣……林百齡

炊煙飄揚穀子園
秋氣……楊博賢

床頭櫃上的空水杯
秋氣……林國亮

【長夜】夜長

漫長的夜晚。秋分過後，夜晚逐漸比白日增長。殘暑全消，適合晚上工作或讀書。

探索電腦程式的祕密
長夜……雨靈

一隻蚊子忘情的吻
長夜……明月

只露出雙眼的阿拉伯婦女
長夜……薛心鹿

LED也發燙
長夜……廖清隆

【寒露】寒露

二十四節氣之一。國曆十月八日或九日。此時入秋，露氣寒冷，為秋收秋種之時。

三支雨傘標
寒露……Alana Hana

鞋底殘留早晨的青苔
寒露……俞文羚

婆婆的防漏尿墊
寒露……洪梅籐

染黃的胡楊樹
一夜寒露……黃士洲

倚靠在小樓上的身影
寒露……秋雨

【霜降】霜降

二十四節氣之一。約在國曆十月二十三或二十四日。霜降是秋季的最後一個節氣，是秋季到冬季的過渡，意味著即將進入冬天。霜降節氣後，深秋景象明顯，冷空氣越來越頻繁。

醫院長廊的腳步聲
霜降……楊博賢

藝旦捧茶的手
霜降……黃卓黔

養老院的庭前枝葉
霜降……慢鵝

邦交國接連斷交
霜降……黃士洲

【秋雨】秋の雨

秋日的雨。《禮記．月令》：「仲秋行春令則秋雨不降，草木生榮，國乃有恐。」唐．岑參〈太白東溪張老舍即事寄舍弟姪等〉詩：「渭上秋雨過，北風何騷騷。」

公園涼亭的陌生人
秋雨……慢鵝

出閣的新娘子
秋雨……明月

港台同心護自由
秋雨……莊源鎮

傘下的催淚煙
秋雨……鐵人

【秋曇、秋陰】秋曇、秋陰

秋季的陰天，曇花雲氣布於天空。

夾公事包低頭疾走的人
秋曇……慢鵝

樹下無人的棋臺
秋陰……鐵人

一張未完成拼圖
秋曇……明月

純白的宇宙花
秋曇……秋雨

手術室外的家屬
秋陰……林百齡

【秋日明媚】秋麗

秋天晴朗的日子。如同春天的麗日散發光芒，令人陶醉。

秋日明媚
庭院掃把斜靠躺椅……盧佳璟

公園草地上的小提琴演奏
秋日明媚……郭至卿

秋日明媚
老婆嘴唇上的一抹紅……皐月

歌聲嘹亮的原住民兒童
秋日明媚……慢鵝

手錶上步數的新紀錄
秋日明媚……林國亮

【秋水】 秋の水

秋日江湖的水，格外澄清。

看到頭上的白頭髮
秋水……郭至卿

望著岸上的背影
秋水……鐵人

睜大眼睛的少女
盈盈秋水……趙紹球

無為即有為
秋水……洪郁芬

橋下逆游的小魚群
秋水……慢鵝

【新涼】 新涼

新秋涼爽的天氣。

車燈一次次割斷雨絲
新涼……雅詩蘭

打開大門遠行
好個新涼……趙紹球

大學聯考落幕
新涼……露兒

藝術家交流
新涼……ylohps

摘除口罩生活的辣妹
新涼……胡同

【秋風】秋風

秋季的風。

碎碎叨叨的阿婆
秋風…………黃卓黔

麻將桌上論英雄
秋風…………露兒

山坡上放紙鷂
秋風…………秋雨

可指望的事物之一
秋風…………洪郁芬

秋風
鈔票飛滿地…………陳瑩瑩

【冷涼】冷やか

寒冷，涼颼颼。

魚尾獅被遷移
冷涼…………露兒

病房窗外的陽光
冷涼…………謝美智

無人問津的詩集
冷涼…………莊源鎮

在主人胸前逝去的老狗
冷涼…………皐月

發現遺失准考證
冷涼…………雨靈

【秋寒】秋寒

秋天過半，早晚氣候冷涼，但不至於寒冷。

屋頂上的提琴聲
秋寒……廖清隆

密集的打字聲
秋寒……趙紹球

小兒科跳動的看診數字
秋寒……皐月

賴床的胖柯基
秋寒……薛心鹿

父親的背部變小了
秋寒……工藤雅典

◎地理

【秋田、稻田】秋の田、稲田

秋天的田，長滿垂頭的稻穗，於颱風後躺臥在地上。

金色的畫卷
秋田……黃士洲

感恩禱告會
秋田……郭至卿

跳草裙舞女郎
稻田……明月

溫習雪萊西風頌
獨自漫步秋田……曾美玲

騎乘電動車悠哉情侶
秋田……林百齡

【秋郊、秋野】

秋郊、秋の野

秋天是野草的季節，開著樸素又品種繁多的花。露水浸溼的草叢常有蟲鳴。

瓊瑤姐姐的愛情小說
秋野……露兒

奔跑嬉戲孩童沾溼了鞋
秋郊……簡淑麗

偏鄉巡演劇團
秋野……慢鵝

被塗污的抗日英雄紀念碑
秋郊……雅詩蘭

秋野
喋喋不休的奏鳴曲……簡玲

【秋江、秋河】

秋の川、秋の江

映照魚鱗雲，岸旁是蜻蜓漫飛。天涼水清。戲水的孩童不如夏日活躍。

寂然不動的繫岸之舟
秋河流過……穆仙弦

國慶閱兵沿線演練
秋河……鐵人

水中倒映的小白屋
秋河……露兒

尾舵搖晃的盞燈
秋江……林百齡

蘇軾大醉那夜寫的詩
秋江……黃卓黔

【錦山】野山の錦

楓葉漸紅，山如穿上各種顏色的錦衣。

萬里長城上的眺望
錦山……皐月

楊麗花歌仔戲
錦山……洪梅籐

綠底斑彩的燈罩
錦山……薛心鹿

藝人走紅毯
錦山……ylohps

學成歸國的遊子
錦山……秋雨

【秋色】秋色

秋天的景色。例如金黃的稻田或楓葉染紅的山。

編劇給的台詞只有一句
秋色……莊源鎮

碩果纍纍的豐收喜悅
秋色……黃士洲

早晨公園的恰恰舞
秋色……皐月

老師發考卷的臉
秋色……黃卓黔

秋色
無釉的窯印……洪郁芬

【秋意】秋意

秋天蕭條的景象。

塗上蜜絲佛陀唇膏
秋意……明月

沉默地寫上旅途記事
秋意……簡淑麗

荒棄的遊樂場
秋意……慢鵝

唱鳳飛飛的歌
秋意……洪梅籐

一個獨自划船的美女
秋意……ylohps

【花野】花野

【花野原、花野道】花野原、花野道

萩、蘆葦、桔梗等野花盛開的原野。與春天的百花盛開不同，秋風中搖曳的野花有寂寥之感。

舞孃的告別演出
花野……黃卓黔

山城訪友不遇
花野道……穆仙弦

日本老姑媽的信
花野原……慢鵝

兜起裙襬的小女孩
花野……薛心鹿

曾祖母寫了繁體字
花野……工藤雅典

◎天文

【上弦月】上り月

月球在新月到滿月的相位。能看見一半被陽光照亮的月面。日落時位於空中其最高位置，子夜時沒於西方。滿月前日漸盈滿。

母親微笑的嘴角
上弦月……謝祥昇

河堤邊祈禱的女子
上弦月……簡淑麗

耳畔的驪歌
上弦月……雨靈

神在暗夜的微笑
上弦月……穆仙弦

【露】露

靠近地面的水蒸氣，夜間遇冷而凝結成的小水珠。《楚辭・屈原・離騷》：「朝飲木蘭之墜露兮，夕餐秋菊之落英。」

晨光裡閃亮的眼睛
露珠……秋雨

一點一滴的鄉愁
露珠……明月

露
傾吐一夜的情話……露兒

昨夜的星辰遺落
露……雅詩蘭

散落的釘珠流蘇
露……林百齡

【半月】弓張月

農曆八月七、八日時是右邊明亮，上弦的半月；中秋後的二十二、二十三日時是左邊明亮，下弦的半月。

半月
廟裡擲出的聖筊……皐月

光明與黑暗勢均力敵
半月……穆仙弦

朱門裡的小說劇情
半月……莊源鎮

思念你在北半球
半月……露兒

孤單北半球
半月……秋雨

【滿月】名月

農曆每月十五日夜晚的月亮。因其圓滿光亮，故稱為「滿月」。唐．張九齡〈賦得自君之出矣〉詩：「思君如滿月，夜夜減清輝。」

滿月夜
學著狼嗥的孩子……盧佳璟

滿月
總在詩文中團圓……露兒

滿月夜
南寮海邊波光粼粼……皐月

慶祝出生的紅蛋
滿月……符湘默

懸掛天空的黃色燈籠
滿月……明月

【中秋無月】無月

十五月圓時，因為陰天而不見月亮的情形。有時雲層灑落些許月光。

煙靄籠罩的半島
中秋無月……趙紹球

沒有蛋黃的月餅
中秋無月……薛心鹿

中秋無月
巫女歡騰……ylohps

新確診的留學生
中秋無月……慢鵜

視力持續雲翳的母親
中秋無月……胡同

【十六夜】十六夜

農曆八月十六日的夜晚，或那日的月亮。月亮過了十五日便開始缺欠，也開始晚出。

汽車影院電影散場
十六夜……鐵人

缺角的碗盤
十六夜……謝美智

十六夜
偷撕點大餅嚐嚐……盧佳璟

靈修者如常靜坐禪榻
十六夜……穆仙弦

缺了一角的白玉盤
十六夜……ylohps

【雨夜月】雨月

十五月圓時，因為雨天而不見月亮的情形。惋惜中秋夜不見月。

沒有煞車痕跡的酒駕
雨夜月……………………黃士洲

一張淋溼的票卡
雨夜月……………………慢鵝

煽情的肥皂劇
雨夜月……………………莊源鎮

重讀一封不寄的信
雨夜月……………………林國亮

聽禪師開示的夫妻
雨夜月……………………皐月

【颱風】台風

發生在西太平洋上由強烈熱帶性低氣壓或熱帶氣旋所引起的暴風，其強度達到一定標準時即為颱風。颱風依其強度分為輕度、中度和強烈颱風三級。

港邊互相繫緊纜繩的漁船
颱風……………………慢鵝

臨盆的少婦
颱風……………………明月

氣象新聞播報員
旋轉颱風眼……………………簡淑麗

廢紙張直升機場
颱風……………………鐵人

【下弦月】降り月

滿月過後月亮的缺口日漸擴大，也逐漸晚出。弓形偏東，弦口向西，稱為「下弦」。

北投捷運站的陳達雕像
下弦月……莊源鎮

米缸見底
蒼白的下弦月……盧佳璟

一刀滿腮的鬍鬚
下弦月……明月

餐桌上的餃子
下弦月……謝美智

下弦月
蘭潭孤舟停泊處……林央敏

【魚鱗雲】鱗雲

雲塊密集、排列有序如魚鱗狀的雲。色灰白，大多由過冷水滴組成。

飛機筆直的拉煙
魚鱗雲……趙紹球

九重天上的鯤
魚鱗雲……廖清隆

南寮漁港的消波塊列
魚鱗雲……慢鵝

剛出爐的爆米花
魚鱗雲……簡玲

3D 動畫分鏡腳本
魚鱗雲……ylohps

【流星】星流る

太空中的漂浮物進入地球大氣層後，與空氣摩擦燃燒發光，快速飛越天空，即形成流星。

流星……雅詩蘭
夜空下的流浪貓搖搖尾巴

流星……洪梅籐
誕生了賢才之人

流星……明月
書攤上找到絕版詩集

流星……俞文羚
揮出全壘打

流星……露兒
繼母的一記耳光

【星月夜】星月夜

只有星星沒有月亮的秋夜。月夜般明亮的星空。

星月夜……蕭芷溪
被窩裡熟睡的母女

星月夜……薛心鹿
演唱會上的螢光棒

星月夜……Alana Hana
躺在海邊說夢想

星月夜……秋雨
尋找一行詩句

星月夜……皐月
小娃兒躺在草地上唸著數字

◎節日

【中秋】 中秋

農曆八月十五日，因為正當秋季三個月的中間，所以稱為「中秋」。民間習俗，都在這一天全家團聚，賞月亮，吃月餅。

糕餅名店蜿蜒的人龍
中秋……莊源鎮

水調歌頭憶東坡
中秋……雨靈

有人喜有人愁
中秋……黃卓黔

勾起遊子的思鄉情
中秋……黃士洲

【教師節】 教師の日

台灣在民國四十一年，政府為發揚至聖先師孔子的教育精神，特定孔子誕辰九月二十八日為「教師節」。當日多有表揚全國優良教師的活動。

猩猩親密緊挨著訓練員
教師節……薛心鹿

濤濤風切的紀念石碑
教師節……林百齡

教師節
堆滿的喉糖罐……盧佳璟

感恩逝去的青春
教師節……謝祥昇

台上學生詩歌朗誦
教師節……曾美玲

【重陽】 重陽

俗稱農曆九月九日為「重陽」。當此節日有相偕登高、飲菊花酒、戴茱萸以避厄等習俗。

耀眼的九十九號門牌
重陽……薛心鹿

玉山上四代同堂留影
重陽……楊博賢

兒女異鄉問候的電話
重陽……ylohps

掉了牙齒依然笑開懷
重陽……Alana Hana

搶麥克風歡唱的爺爺奶奶
重陽節……明月

【萬聖節】 ハロウィン

天主教會紀念聖者、殉道者的祭日。於西元六一〇年由教皇波尼華其烏斯四世訂定每年十一月一日為萬聖節，並於八三五年改為第一級的大祭日。而萬聖節前夜的十月三十一日是這個節日最熱鬧的時刻。在中文裡，常常把萬聖節前夜訛譯為萬聖節。

傑克提著小燈籠
萬聖節……簡玲

走出書本的童話人物
萬聖節……俞文羚

路上都是開心鬼
萬聖節……洪梅籐

遇見夢中的白馬王子
萬聖節……秋雨

◎生活

【煙火】花火

一種以火硝為主，並摻雜其它藥物製成的物品。燃燒時噴射出各種變幻燦爛的形狀，供遊戲觀賞之用。

瞬間閃亮的眼瞳
煙火……穆仙弦

搗耳朵的小孩
煙火……謝美智

軍航機驟間的轉道
煙火……楊博賢

紅樓夢的夜宴
煙火……黃卓黔

煙火乍現
驀然回首的窈窕淑女……趙紹球

【稻草人】案山子

用稻草做成的假人，樹立在田間，以嚇阻啄食農作物的鳥類。

稻草人帽子
光著腳丫的農夫……傑狐

守護曾經的靈魂
稻草人……謝祥昇

弟弟黃昏的拳擊課
稻草人……林國亮

風雨無阻的站在前線
稻草人……黃卓黔

患上嚴重的玻璃體混沌症
稻草人……秀實

【秋扇】 秋扇

指殘暑時使用的扇子，或是涼爽時被棄置不用的扇子。

候選人造勢吶喊
秋扇……黃士洲

天空搧起了涼風
秋扇……謝祥昇

古畫作裡拿秋扇的仕女
練唱的女伶……郭至卿

冷宮裡的中年皇妃
秋扇……雨靈

臺上奔放的佛朗明哥舞
秋扇……皐月

【開學】 新学期

每一學期課業的開始。秋天是台灣各級學校每學年度第一學期的開始。

大黃蜂進行曲的早晨
開學……莊源鎮

校門口斑馬線的媽媽志工
開學……慢鵝

鬧鐘定時響起
開學……明月

一路踢空罐頭到校
開學……ylohps

走錯教室的小一生
開學……皐月

【賞月】月見

觀賞月色。宋．孔武仲〈祠二廟之明日未得順風呈同行〉詩：「吟詩賞月岳陽樓，買魚沽酒巴陵市。」

住家頂樓的烤肉香
賞月……穆仙弦

看著嬰兒熟睡母親的臉
賞月……郭至卿

傳簡訊的阿姆斯壯
賞月……洪梅籐

邀友共敲詩
賞月……秋雨

【秋耕】秋耕

秋天作物收穫後，立刻翻土耕地稱為「秋耕」。

一隻林鳥遠遠眺望
秋耕……穆仙弦

招募愛心大使
秋耕……雨靈

電鍋裡香噴噴的米飯
秋耕……明月

縫補破網的漁工
秋耕……慢鵜

卸下軍服換上工程服
秋耕……楊博賢

【豐收】豊の秋

農田收成豐足。

篝火照亮原住民笑顏
豐收……穆仙弦

一次產下三胞胎
豐收……季三

角子機響起的鈴聲
豐收……薛心鹿

豐收
皮帶上新打的孔洞……林國亮

手持鐮刀的狄蜜特
豐收……胡同

【荒歉】不作

因災荒而收成減少。

作家寫不出一個字
荒歉……皐月

崩壞的大臼齒
荒歉……廖清隆

南方澳斷橋被封鎖的漁船
荒歉……黃士洲

整年靈感乾枯的詩人
荒歉……曾美玲

放無薪假的租屋客
荒歉……楊博賢

【運動會】運動会

以提倡體育為目的而召集的比賽。其組織通常分事務、裁判及運動員三部。

抵達終點瞬間一道閃光
運動會……簡淑麗

飛躍的羚羊
運動會……林百齡

輪椅上的加油聲
運動會……雨霊

一群和平鴿往上飛躍
運動會……ylohps

踩到自己鬆掉的鞋帶
運動會……陳瑩瑩

【麥茬】刈田

麥子收割後，遺留在地裡光禿禿的根和莖的基部。

空襲過後的民宅
麥茬……楊博賢

理不平的三分頭
麥茬……林百齡

打棒球的農家小孩
麥茬田……慢鵝

媽媽手中一把家法
麥茬梗……洪梅籐

被剝奪的佃農
麥茬……黃卓黔

【秋裝】秋の服

秋季穿的服裝。布料厚，顏色晦暗。

廊下瑟縮的街友
秋裝……莊源鎮

公司犒賞的額外獎金
秋裝……ylohps

黃綠相間的林蔭道
秋裝……雅詩蘭

老祖母的壓箱寶
秋裝……胡同

滿山紅的新衣
秋裝……黃卓黔

【秋燈】秋の灯

秋夜的燈光。燈下安靜度過一個長夜，或交談，或寫作。也是夜間學習和工作的燈。

舊唱盤播放的月光迴旋曲
秋燈……簡玲

醫院的長廊
秋燈……明月

守靈者看著遺照的面容
秋燈……皐月

默語抄寫心經
秋燈……雨靈

初老的清喉嚨咳聲
秋燈下……胡同

◎動物

【蜻蜓】

蜻蛉

昆蟲綱蜻蛉目。身體細長，頭部有複眼一對，胸部背面有膜質翅兩對。生活於水邊，捕食蚊蠅為生，是一種益蟲。雌的以尾點水產卵於水中，幼蟲並於水中孵化成長。

胡琴拉弓震顫
蜻蜓…………盧佳璟

厚重的雲層
蜻蜓…………謝美智

姿態翩躚的舞者
蜻蜓…………黃士洲

小屁孩張手踢水
蜻蜓…………鐵人

【啄木鳥】

啄木鳥

鳥綱啄木鳥目啄木鳥科。嘴銳直而堅，能破樹皮穿穴，舌細長，尖端有鉤，可捕食樹洞裡的蠹蟲。足四趾，二向前，二向後，便於攀援樹幹。通常棲息於森林中，在樹幹上築巢而居。

禪寺的木魚聲
啄木鳥…………謝美智

痴情一世叩妳的門
啄木鳥…………露兒

叫醒貪睡的孩子
啄木鳥…………皐月

萬能鎖匠
啄木鳥…………明月

【螳螂】螳螂

動物名。一種昆蟲。節肢動物門昆蟲綱，全身呈綠色或土黃色，體長，腹部肥大，頭三角形，前胸延長如頸，前肢作鐮形，有棘刺，便於捕獲其它昆蟲。因捕食害蟲，有益農業，屬益蟲。

小孩雙手捧起勝利微笑
螳螂……簡淑麗

弱體擋大車
螳螂……雨靈

樹下練拳的精瘦老人
螳螂……慢鵝

高舉鐮刀的農夫
螳螂……謝祥昇

【蟋蟀】蟋蟀

昆蟲綱直翅目蟋蟀科。體型圓長，為黑褐色，觸角細長，後肢長而大，善於跳躍。雄蟲翅上有發聲器，以兩翅摩擦而發聲。性好鬥，怕光，棲身於土穴或石礫下，以植物為食，是農作物的害蟲。

環保議題裡穿梭山林的越野車
農田裡的蟋蟀……郭至卿

新化烏龍橱仔的生死戰
鬥蟋蟀……慢鵝

音樂會指揮
蟋蟀……明月

蟋蟀聲悠長
小孩身上的新衣服……秀實

【候鳥】渡り鳥

隨季節變更而遷移的鳥類。可分為冬候鳥和夏候鳥兩種。冬候鳥有家燕、野鴨等，夏候鳥有大慈悲心鳥和八色鳥等。因其每年來去有定時，也稱為「信鳥」。

飛過高樓狹縫的天空
候鳥……………………林國亮

千里堅定的飛行
候鳥……………………莊源鎮

屋簷下的笑聲
候鳥回巢………………趙紹球

不斷變化的城市
候鳥……………………黃士洲

借宿河岸的旅客
候鳥……………………穆仙弦

【鹿】鹿

哺乳綱偶蹄目鹿科。體型細長，腿長，褐色毛，性溫順，雄鹿有角。棲息於沙漠、凍原、沼澤和高山坡地等地區。肉可食用，皮可製革，角可供作裝飾品。

潛伏一角的長距離鏡頭
低頭吃草的鹿群…………穆仙弦

水鹿守望
嘉明湖…………………盧佳璟

牆壁鹿首與世界地圖
總統……………………雨靈

停在知床半島的公路
鹿………………………雅詩蘭

一隻鹿走過
叢林裡埋藏著的凶光……秀實

【秋刀魚】 秋刀魚

一種食用魚。硬骨魚綱銀漢魚目秋刀魚科，身形細長，約四十公分，下顎比上顎長。背呈綠色，腹銀白色。其生存水域在太平洋北部。

繪本上貴族手持的武士刀
秋刀魚……郭至卿

秋刀魚去骨
母親的句句傳承……皐月

大媽強而銳利的嘴
秋刀魚……楊博賢

砧板上的一把菜刀
秋刀魚……明月

居酒屋獨酌的男子
秋刀魚……薛心鹿

【伯勞（鳥）】 百舌鳥

常在草坡、疏樹林或農田村舍附近活動，常立於枝柱上。性凶猛，喜食昆蟲、蛙類、蜥蜴。成語中的「勞燕分飛」，勞指的就是伯勞鳥。屏東恆春一帶每年九月後，都有伯勞來訪。

站在黑洞的邊緣
伯勞……ylohps

駭客墨鏡型男
伯勞……慢鵝

川劇的變臉秀
伯勞……林百齡

相見不相問
伯勞……秋雨

【蝗】蝗

昆蟲綱直翅目蝗科動物的通稱。口器闊大，前翅黃褐色，後翅半透明，喜結群飛翔。後腳強而有力，善跳躍。種類繁多，以草食為生，少數會為害作物。俗稱為「蝗蟲」。

夜晚擾民的摩托車隊
蝗…………雅詩蘭

客家庄流水席
蝗群…………慢鵝

滿桌食物橫掃下肚
蝗蟲…………俞文羚

衝入銀座的歐巴桑
蝗…………露兒

【鮭】鮭

鮭科魚類的泛稱。具洄游性，成熟時自海洋返回淡水河川生殖，幼魚孵化後再進入海洋。在海洋中時，體呈銀白或銀灰色，返回淡水河口後，體色變紅。

不曾忘記回家的路
鮭魚…………謝祥昇

不求回報的志工
鮭魚…………明月

台商紛紛回國投資
鮭魚返鄉…………阜月

返鄉探親的老兵
鮭魚…………黃卓黔

包機返鄉的僑胞
鮭…………慢鵝

【鱸】 鲈

脊椎動物亞門硬骨魚綱鱸形目。頭大，身體狹長。巨口細鱗，下顎稍突出。背部淡蒼色，腹部白色，體側及背鰭有黑斑。性凶猛，以魚蝦為食。常棲於近海。

海產店的滾水
鱸……莊源鎮

架子上的漁夫帽
鱸魚……薛心鹿

凌晨三點鐘叫賣的漁市
生猛鮮鱸……穆仙弦

阿公背上的黑斑
鱸魚……林百齡

喝鱸魚湯的產婦
新生兒扭動身體……盧佳璟

【野豬】 猪

脊椎動物偶蹄目野豬科。形狀像豬，身體呈圓桶狀，皮黑而厚，覆滿粗毛，生氣時毛髮倒豎。鼻長而硬，犬齒鋒利，露於口外，與鼻配合，適於挖地覓食。棲息於山林野地，為雜食性動物，菌菇、竹筍、蟲、魚、鼠類皆可為食，是家豬的原種。

校門口的學生
野豬……紫澤望

竹籬外流浪漢徘徊
野豬……楊博賢

頭目頂上的裝飾
野豬牙……廖清隆

倒在路上的垃圾箱
野豬……林國亮

【雁】 雁

脊椎動物鳥綱雁鴨目。形狀似鵝，頸和翼較長，嘴長微黃，羽淡紫褐色，鳴聲嘹亮，飛時自成行列。每年春分後往北飛，秋分後往南飛，為一種季節性的候鳥。

張開雙臂深呼吸
雁……薛心鹿

我們都是一家人
雁……Alana Hana

十月歸國華僑
雁南飛……簡淑麗

出塞曲響起
雁……雨靈

湖面掠過的一群雁影
異鄉人……林國亮

【菜蟲】 菜虫

寄生於蔬菜中啃食蔬菜的害蟲。

等機會破蛹羽化
菜蟲……林百齡

北山古洋樓
菜蟲吃剩的葉片……盧佳璟

高麗菜雕刻秀
菜蟲……廖清隆

遠望禿山半壁
菜蟲……簡淑麗

菜蟲咬過的菜葉
外婆家……林國亮

◎植物

【芋頭】芋

天南星科芋屬，多年生草本。葉大如短箭狀，有長柄，綠色。根作鬚狀，生於球莖下端。地下球莖亦稱為「芋」，俗稱「芋頭」，圓形或橢圓形，多肉，含豐富澱粉質，可供食用。夏日開黃白色花，單性，呈穗狀花序。

斑駁的歲月
芋頭……………………符湘默

溫柔婉約的女人
芋頭……………………明月

一盤客家算盤子
芋頭……………………薛心鹿

有了新人拋棄髮妻
芋頭……………………ylohps

【狗尾草】狗尾草

禾木科狗尾草屬，一年生草本。長於原野及低山地，長五十到八十公分，稈分枝，無毛，葉薄長平滑。夏季自莖頂抽出花穗，在花穗間有許多硬硬的長毛，使整串花穗看起來像一條狗尾巴。

童年的寵物
狗尾草……………………趙紹球

草叢裏的方便
狗尾草……………………鐵人

女孩帽下的馬尾髮辮
狗尾草……………………郭至卿

後背包搖晃的吊飾
狗尾草……………………黃士洲

【芒、芒草】 芒

多年生草本植物。稈叢生，地下莖質硬，生鬚根。葉細長而尖，快利如刀，葉背有短毛分布，平行脈。秋天開穗狀花序。果實多細毛，成熟後飛散如絮。莖葉可修蓋屋頂，稈皮可編草鞋。

日落草嶺古道
白背芒花…………慢鵝

迷濛的遠山
觸手可及的芒草…………穆仙弦

一封思念信箋
芒草紛飛…………莊源鎮

香港今天的自由
老奶奶的芒草鞋…………鐵人

【梨、梨子】 梨

薔薇科梨屬，落葉喬木。葉互生，呈卵形或長橢圓形。開白花。果實呈球形，亦稱為「梨」，汁多，皮色與果肉質感因品種而有不同。

分手的情侶
對切梨子…………黃士洲

謙讓的故事
梨子…………謝祥昇

藏斂光芒的賢內助
梨園…………慢鵝

病床上的友人
畫上笑臉的水梨…………盧佳璟

【芭蕉】 芭蕉

芭蕉科芭蕉屬，多年生草本。產於亞熱帶地區。葉大，長橢圓形。夏日開淡黃色花。果實亦稱為「芭蕉」，肉質肥大，氣味香甜，與熱帶所產的香蕉形似。

阿嬤包紅龜粿的背影
芭蕉……黃士洲

撥彈芭蕉葉
一曲雨夜花……簡雅子

搧滅地獄火
芭蕉葉……符湘默

酒醉後阿爸的大巴掌
芭蕉……胡同

留下兩排的雨聲
倒下的芭蕉……秀實

【辣椒】 唐辛子

茄科番椒屬，一年生草本。莖高一公尺以內，葉卵狀披針形、先端尖、有長柄。花單朵或二至三朵簇生葉腋，花冠五裂、白色。果實大多呈細長形，也有心臟形、燈籠形。品種有辛辣、甜味兩種。

血脈賁張的一吻
辣椒……盧佳璟

攀井的貞子
鬼椒……紫澤望

辣椒水
反送中遊行……黃士洲

熏蒸的左宗棠
辣椒……雅詩蘭

【荻、荻花】

荻、風間草

多年生草本植物。長於水邊溼地或原野，與蘆同類。秋天抽紫色花穗。莖可織蓆，亦可作造紙原料。

疾風吹過江岸
荻花…………穆仙弦

萬千紙景
荻花…………符湘默

雲絮隨風幻化
荻花…………簡淑麗

樸實的良人
荻蓆…………鐵人

袈裟披肩出家人
荻…………明月

【桃、桃子】

桃

落葉喬木。初春開紅、白色花。果實圓形，外被細毛，頂端有尖，味酸甜可口。

一枚桃子成熟的形狀
永遠的諸羅城…………秀實

耄耋的長輩
壽桃香…………雨靈

沉思初戀情事
水蜜桃…………簡淑麗

母親懷中平安出產的女嬰
桃子…………雅詩蘭

嬌滴的酒窩
水蜜桃…………明月

【葡萄】葡萄

葡萄科葡萄屬，落葉大藤本。葉心狀圓形，呈掌狀分裂。花色黃綠，呈圓錐形。果實亦稱為「葡萄」，為球形或橢圓形，果皮有黃色、紫色、淡綠色等。

牆上的全家福照片
窗外藤架上的葡萄…………郭至卿

兒孫繞膝樂
葡萄…………雨靈

情人離別的承諾
熟葡萄…………慢鵝

幼兒問了很多為什麼
葡萄…………雅詩蘭

守候一世的恩愛老夫妻
葡萄…………露兒

【秋海棠】秋海棠

秋海棠科秋海棠屬，多年生草本。莖葉柔軟多汁，葉呈圓卵形或具不規則缺刻，葉面光滑具有蠟質。秋天開花，花色有白、紅、粉紅、桃紅等。一般供觀賞。

道別的巷口
秋海棠嫣紅…………盧佳璟

鐵盒裡一封撕半的信
秋海棠…………慢鵝

外蒙古國旗飄搖
缺角的秋海棠…………雨靈

胭脂淚點染季節
秋海棠…………黃卓黔

眺望遠方的遊子
窗前秋海棠…………穆仙弦

【柚、柚子、文旦】

柚、柚子

常綠喬木。枝條粗大，帶刺。葉大而厚，呈長卵形。初夏開白花，花形為柑橘類中最大者。果實即柚子，皮淡黃或黃綠色，質厚而粗，球形或梨形，果肉白或淡紅，可食。

老欉辭水柚子
寵孫子女的甜笑阿嬤……慢鵝

幼兒的瓜皮帽
柚子……謝美智

風乾的柚子燈籠
曾祖父……鐵人

爺爺頭上的青花帽
文旦皮……楊博賢

枯槁的老詩人
甜嫩多汁的文旦……盧佳璟

【秋草】

秋草

秋天的草木。《文選．古詩十九首．東城高且長》：「迴風動地起，秋草萋已綠。」

微微髮白的中年
秋草……莊源鎮

隨風搖晃黃帳簾
秋草……李燕燕

輕哼著校園民歌
秋草……皐月

棄婦的日常
秋草……黃卓黔

隨口說出的詩句
秋草……雨靈

【秋葵】オクラ

秋葵為一年或多年生草本植物，能長到二米高。葉一十到二十釐米長，掌形分裂，有五到七個裂片，有硬毛。花直徑四到八釐米，花瓣由白到黃，花瓣根部有紅色或紫色斑點，生在主枝葉腋間。結長形蒴果，先端尖，五角或六角形，有毛，內含多顆種子。

沾了口水的黏液
秋葵……簡淑麗

喜歡和你黏在一起
秋葵……俞文羚

遠足歸來的孩童
秋葵……雅詩蘭

兒趣蓋章纍纍
秋葵……露兒

【柿子】柿

柿樹結的果實。成熟時呈橙黃或橙紅色，可食用。

初見公婆臉紅
柿子……明月

幼兒的紅臉頰
柿子……謝美智

九降風落款的三合院
柿子……簡玲

夕陽落下黃澄碧藍的西子灣
柿子……黃士洲

金燦燦鏤空曬盤
柿子……ylohps

【馬鈴薯】 馬鈴薯

植物名。茄科茄屬，多年生草本。原產於南美智利。羽狀複葉，夏日開白色或淡紫色花。地下塊莖亦稱為「馬鈴薯」，形圓如馬鈴，含豐富澱粉，味甘美。

牛犁拖過田壟
馬鈴薯……愛玉

托腮凝視廚房的嬌妻
馬鈴薯泥……胡同

軟硬皆吃的日子
馬鈴薯……雨靈

南美祕魯友人
馬鈴薯……慢鵝

追劇中的伴侶
馬鈴薯……簡淑麗

【楓】 楓

落葉喬木。春季抽新葉並開黃褐色花。木材可供建築箱櫃用。葉子入秋會變紅，甚為美觀，故常栽培為庭園樹。俗稱為「楓樹」。

夾在日記本的回憶
楓……謝美智

被壁咚的臉
紅楓……慢鵝

掌心上的小詩
一葉之楓……穆仙弦

緬懷初戀情人
楓……明月

蝴蝶結吊掛女俳人裙子
楓紅葉……林央敏

【粟、小米】

粟

一年生草本。葉似玉蜀黍而較狹長。花小而密，呈圓錐花序。果實為粒狀，黃色，可食。為大陸地區北方糧食的大宗。或稱為「小米」。

【落花生、花生】

落花生、唐人豆

豆科落花生屬，一年生草本。羽狀複葉，開黃花。花落後子房入地發育成莢果，故稱為「落花生」。其莢果亦稱為「落花生」，含蛋白質及脂肪，可食用及榨油。

【玉蜀黍】玉蜀黍

植物名。禾本科玉蜀黍屬，一年生草本。葉互生，呈平行脈。雌雄同株，穗狀花序。通常每株有二至四個花穗，生於接近頂端的兩側，內有果實。果實亦稱為「玉蜀黍」，呈齒狀排列，可食用。種類繁多，如白玉米、黃玉米等。

一望無際整齊的墓碑
玉蜀黍……………………………………………黃士洲

戲院小賣部前的人龍
玉蜀黍……………………………………………薛心鹿

穿著層層衣袍
玉蜀黍……………………………………………洪梅籐

島內人民緊緊地相互挨著
玉蜀黍黃色的籽……………………………………秀實

【銀杏黃葉】銀杏黃葉

銀杏科銀杏屬，落葉大喬木。葉扇形，常深裂，葉脈二歧分叉。雌雄異株。秋天的黃葉陽光中輝煌，如金灑落。

漫步昭和紀念公園
銀杏黃葉……………………………………………慢鵝

老友聚會耍寶
銀杏黃葉……………………………………………ylohps

眼角的皺紋
銀杏黃葉……………………………………………莊源鎮

夕陽下散步的老夫妻
銀杏黃葉……………………………………………秋雨

地上拾起那枚婚戒
銀杏黃葉……………………………………………露兒

【蘋果】林檎

薔薇科蘋果屬，落葉小喬木。葉卵形或橢圓形，先端尖或短，邊緣有細銳鋸齒。花淡紅色，萼有細毛。果實亦稱為「蘋果」，近於圓形，黃綠色或紅色，味略酸甜，可供食用，亦可造酒等。

【曼珠沙華】曼珠沙華

別名紅色彼岸花，又稱「舍子花」。是多年生草本植物，地下有球形鱗莖，外包暗褐色膜質鱗被。葉帶狀較窄，色深綠，自基部抽生，發于秋天花謝後。這種花經常長在野外的石縫裡、墳頭上，所以有人說它是「黃泉路上的花」。

【金桔】金橘

常綠小喬木或灌木，葉闊披針形或廣橢圓形，莖和枝梢帶刺，果倒卵狀橢圓形，果皮光滑，金黃色，油胞小而密生，可食。金桔皮嫩脆，咬破皮時噴射而出的油脂清香刺激。

冬十一・十二・一月

冬95

時令 立冬 初冬 冬夜 冬曉 日短夜長 寒冷 小雪 寒流 臘
八 大雪 冬暖 仲冬 冬至 元旦 小寒 嚴寒 大寒 殘冬 **天文** 天狼星
陣雨 獵戶座 冬北斗 乾風 寒昴 北風 寒月 祥瑞 初雪 寒晴 **地理** 冬
山 枯園 冬田 冬汐 枯水 寒水 冬野 冰雪 **節日** 感恩節 聖誕節 平
安夜 **生活** 感冒 頭巾 熱燗 掘藕 拔蕪菁 酒釀 冬衣 外套 圍巾 暖爐
週年慶 毛衣 痲油雞 火鍋 尾牙 年終獎金 跨年 刈甘蔗 新年曆 滑
冰 白氣 寒假 橇 避寒 **動物** 熊入穴 牡蠣 旗魚 鷹 狸 兔 狐 黑面琵
鷺 烏骨雞 烏魚 天鵝 鶴 狼 寒鴨 紅蟳 **植物** 紅葉散 枇杷花 芹 落
葉 橘 蘿蔔 山茶花 枯木 椪柑 聖誕紅 枯草 白菜 早梅 蠟梅 茼蒿

◎時令

【立冬】 立冬

二十四節氣之一。國曆十一月七日或八日，是進入冬季的開始。《金瓶梅・第六四回》：「昨日立冬，萬歲出來祭大廟。」

光禿禿的龍脊梯田
立冬……林百齡

缺貨的餃子館
立冬……楊博賢

雞翻白眼
立冬……明月

愛人離去的背影
立冬……郁華

【初冬】 初冬

冬季的第一個月，農曆十月，還未冷。雖然路邊樹木開始落葉，偶爾也有如同春天的暖和晴天。

梅乾菜順序入甕
初冬……簡淑麗

湖南臘肉排排吊
初冬……廖清隆

推輪椅曬陽光
初冬……謝美智

三腳貓在屋簷
初冬……Alana Hana

捷運有人讓位
初冬……黃卓黔

【冬夜】冬の夜

冬天的夜晚，空氣清澄。星月格外姣麗。

巷口的麵茶攤
冬夜……秋雨

移工們蜷臥的船艙
冬夜……簡玲

忙進忙出的急診室
冬夜……林百齡

巷口傳來按摩盲人的笛音
冬夜……曾美玲

上網視訊的留學生
冬夜……明月

【冬曉】冬曉

冬天的早晨是昏暗的，殘留著夜晚的寒氣。水龍頭被凍結或結霜。在北方，一晚的積雪能掩埋房屋。

早歸的漁船信號燈
冬曉……慢鵝

包子饅頭山東腔
冬曉……楊博賢

河岸旁高枝上猿聲
冬曉……廖清隆

飛機停飛無法返鄉
冬曉……Alana Hana

開水滾的鳴笛聲
冬曉……胡同

【日短夜長】
夜長

由於地球的軸心傾斜，令陽光不能平均地分布。而冬天時，太陽照在北半球的時間短了，造成日短夜長。

妹妹的數位男友
日短夜長……露兒

書桌前專注的身影
日短夜長……雨靈

打亮自行車燈的上班族
日短夜長……慢鵝

待天亮探監的老母親
日短夜長……黃士洲

一封來自故鄉的信
日短夜長……秋雨

【寒冷】
寒し

氣候非常的冷。

易主的廣告招牌
寒冷……謝美智

孩子眼裡玩手機的父母
寒冷……曾小塔

差一分就及格的學子
寒冷……阜月

無家的受災戶
寒冷……雨靈

沒有錢的錢包
寒冷……工藤雅典

【小雪】小雪

二十四節氣之一。約在國曆的十一月二十二日或二十三日。是冬季的第二個節氣，此時黃河流域一帶開始降下少量的雪，而農家也開始忙著冬耕的事宜。

從窗口探出的手
小雪……………………薛心鹿

遺忘在玄關的傘
小雪……………………趙紹球

對坐無語的夫妻
小雪……………………俞文羚

醃鹹菜的甕
小雪……………………秋雨

夜燈下的一串銀項鍊
小雪……………………露兒

【寒流】寒波

氣象學上指從高緯度地區吹向低緯度地區，使氣溫急速下降的強烈冷空氣。

整桌的退稿
寒流……………………黃士洲

遭背叛的女人
寒流……………………雨靈

靈思枯竭的詩人
寒流……………………明月

手術室燈光一亮
寒流……………………皐月

敦南誠品書局熄燈號
寒流……………………林百齡

【臘八】

臘八

農曆十二月初八日。古代於臘月祭祀祖先、百神，起初並無固定日期，直到南北朝佛教盛行後，因臘月八日是釋迦牟尼佛的成道日，各寺皆舉行浴佛會，於是將臘月祭日與佛教的儀式混合為一，定初八為祭祀日。

【大雪】

大雪

二十四節氣之一。在國曆十二月七日或八日。

【冬暖】冬ぬくし

冬天溫暖的日子。無冷風刺骨，是寒冷中至福的一剎。

跳蚤市場義賣
冬暖……………………簡玲

獨居老人的尾牙
冬暖……………………黃士洲

排灣族的石板屋
冬暖……………………林百齡

廟裡堆滿一袋袋的白米
冬暖……………………秋雨

友人寄來的鳩餅乾
冬暖……………………雅詩蘭

【仲冬】仲冬

冬季的第二個月，即農曆十一月。《禮記．月令》：「仲冬行夏令，則其國乃旱。」《文選．范曄．宦者傳論》：「月令仲冬，閹尹審門閭。」

郵局寄信的等待時間
仲冬……………………莊源鎮

日記左角缺損模糊
仲冬……………………簡淑麗

小舟上獨釣的漁人
仲冬……………………簡玲

趕辦護照及簽證
仲冬……………………雨靈

列中低收造冊的獨老
仲冬……………………胡同

【冬至】冬至

二十四節氣之一。約當國曆十二月二十二或二十三日，這天北半球夜最長、晝最短，南半球相反。民間習俗多在當日祭祀祖先、神明；南方以食用湯圓，北方則以食用餛飩應節。

【元旦】元日

一年中的第一天。

【小寒】 小寒

二十四節氣之一。是農曆十二月初旬的節氣，在冬至過後的第十五天，約當國曆一月六日或七日。因為這時候氣候寒冷而得名。

銘記畫圖數九習俗
小寒……楊博賢

枝上兩隻野鳥依偎而眠
小寒……穆仙弦

和母親擠一張床
小寒……薛心鹿

月光下的半樽羊奶酒
小寒……林國亮

黃昏市場賣菜的老婆婆
小寒……ylohps

【嚴寒】 嚴寒

非常寒冷。當北風持續不斷，寒冷程度增加，北方的暴風雪和冰凍阻礙了人們的日常生活。

嚴寒夜
雨傘紙箱圍繞的地鋪……盧佳璟

落入溝蓋的戒指
嚴寒……楊博賢

天葬台的禿鷹
嚴寒……簡玲

單腳足印的鰥夫
嚴寒……露兒

嚴寒夜
救護車疾駛過街心……胡同

【大寒】大寒

二十四節氣之一。約在國曆一月二十日或二十一日。因氣候嚴寒，故稱之。

鎖緊眉頭的農漁民
大寒……Alana Hana

巷口賣燒肉粽的阿伯
大寒……明月

牆角貓咪的倚聚
大寒……楊博賢

新冠肺炎疫情全球延燒
大寒……曾美玲

角落滯銷的詩集
大寒……簡玲

【殘冬】殘冬

晚冬。明．薛蕙〈題空上人山房〉詩：「古寺殘冬倍悄然，老僧閉戶獨安禪。」

喜憨兒的打賞箱
殘冬……謝美智

寺廟角落的遊民
殘冬……趙紹球

長期臥病床的母親
殘冬……Alana Hana

等待都更的老屋
殘冬……林百齡

書架上的《農村三部曲》
殘冬……薛心鹿

◎天文

【天狼星】シリウス

大犬星座的主星。為一等星，是天空中除了太陽外最明亮的恆星。北半球冬季的夜晚可以見到。

寫罷最後一行詩
天狼星……趙紹球

夜裡悲嚎的棄犬
天狼星……薛心鹿

天下痴情男女
天狼星……ylohps

玉腿跨出車廂的明星
天狼星……露兒

大河劇開鏡
天狼星……雨靈

【陣雨】時雨

初冬的雨，時間短暫，雨勢時大時小，開始和結束都很突然，在短時間內迅速變化。

火車停駛的售票亭
陣雨……簡淑麗

口沫散飛的講師
陣雨……雨靈

嬰兒手臂上扎針
陣雨……俞文羚

卡在水孔蓋的高跟鞋
陣雨……慢鵜

陣雨
山亭裡巧遇的舊情人……盧佳璟

【獵戶座、參宿】オリオン

星座名。位於金牛座東南，雙子座西南。在天空中橫跨赤道，形狀似一獵人，右手握著一根木棒，左手抓著一隻野獸。北半球冬季時，在夜晚的天空中，獵戶星座是最容易辨認的星座。我國古代天文家稱其為「參宿」。亦簡稱為「獵戶」、「獵戶座」。

酋長的座位
參宿……楊博賢

貪婪新品牌香水
參宿……簡淑麗

無雲的拉帕爾馬島
獵戶座……穆仙弦

一隻大狗伏在腳邊
獵戶座……薛心鹿

【冬北斗、寒北斗】冬北斗、寒北斗

冬天的北斗七星。在東北的天空中很低的位置，但是隨著春天的來臨，漸漸往上移至天頂。

關閉山門的禪寺
冬北斗……穆仙弦

女娃身上的彩虹鈕扣
冬北斗……露兒

纏著祖父轉的兒孫
冬北斗……慢鵝

麻將旁觀者
冬北斗……簡淑麗

烏嘴啄磨尖石巖
寒北斗……林央敏

【乾風】乾風

西北乾燥的季節性風。

從樹叢不斷落下鳥屎
乾風……………………莊源鎮

草叢中僵硬的鳥屍
乾風……………………薛心鹿

一雙富貴掌紋
乾風……………………洪梅籐

沒被入選的俳句
乾風……………………黃士洲

老太太的嗓音
乾風……………………黃卓黔

【寒昴】寒昴

二十八宿之一，為白虎七宿的第四宿。也就是金牛座中的昴星團，又稱為「七姊妹星團」。

藍色瞳孔的貓咪
寒昴……………………謝美智

甜甜圈上的糖粉
寒昴……………………陳瑩瑩

星子之間的連線遊戲
寒昴……………………穆仙弦

媽媽一胎又一胎
寒昴……………………李燕燕

演歌裡不捨的情懷
寒昴……………………皐月

【北風】北風

北方吹來的風。

路上滾動的寶特瓶
北風……薛心鹿

一記耳光
北風……謝美智

緊閉的門窗
北風……黃士洲

徵兵上前線的命令
北風……黃卓黔

為孩子扣緊校服的每個扣子
北風……阜月

【寒月】寒月

嚴寒天空中，清澈的月亮。寒冷的月光讓建築物和自己的陰影落在地面。

樹影日夜伏地書寫
寒月……葉婉君

安寧病房的窗口
寒月……簡玲

室內橙黃的桌燈
中庭寒月……趙紹球

與鏡子說話的女人
寒月……露兒

一疊求職履歷表
寒月……明月

【祥瑞】淑気

吉祥的徵兆。亦泛指所有吉祥的事物。

長孫的紫微斗數命盤
祥瑞……雨霊

雙喜禮盒成桌
祥瑞……簡淑麗

香爐上的雲彩
祥瑞……盧佳璟

嬰兒胸前的香火袋
祥瑞……愛玉

出生嬰兒的啼哭聲
祥瑞……明月

【初雪】初雪

入冬後所下的第一場雪，稱為「初雪」。

梳整父親的頭髮
初雪……黃士洲

讀紅樓夢
初雪……Alana Hana

兩隻貓咪來取暖
初雪……皐月

社會新鮮人第一次的薪水
初雪……工藤雅典

古剎斑駁的山門
初雪……簡玲

【寒晴】寒晴

嚴寒中的晴天。空氣乾燥，清澈遼闊。

公園揚起的薩克斯風
寒晴……謝美智

洗衣服發現口袋的零錢
寒晴……Alana Hana

幼童開嘟嘟車
寒晴……ylohps

排隊依序投票的長龍
寒晴……慢鵜

看完很難的舊書
寒晴……工藤雅典

◎地理

【冬山、枯山】冬山、枯山

冬天的山，草木枯萎。更高的山，白雪覆蓋。

起伏的鹽堆
冬山……謝美智

遠離書籍的長輩
枯山……雨靈

湖面方丈的倒影
枯山……楊博賢

傾圮的礦坑遺址
枯山……簡玲

【枯園、枯庭】枯園、枯庭

冬季凋零的庭園。剩餘幾棵常綠樹外，所有的草木都枯乾。可以看到木蘭的冬芽。

靜止的山水
枯園……………………簡玲

對狗兒說話的老人
枯園……………………薛心鹿

被賣的老屋
枯園……………………雅詩蘭

竹節蟲動也不動
枯園……………………穆仙弦

郵差不送信的家門
枯園……………………ylohps

【冬田、休耕】冬の田、休め田

已收割完畢並進入冬季的稻田。稻茬上的嫩芽已經枯萎，等待著春耕。

研究室的空窗
冬田……………………余境熹

自拍的賞花客
休耕……………………謝美智

化療後長出的新髮
冬田……………………明月

兒孫滿堂的老奶奶
冬田……………………黃卓黔

疫情間暫時的無薪假
休耕……………………楊博賢

【冬汐、冬潮】寒潮、冬の潮

冬季的海潮。時有平穩的潮汐，時有北風中的冷潮。

古寺鐘響
冬汐……余境熹

船艀的升降閥
冬潮……林百齡

靠港海釣船
冬汐……廖清隆

網路上的霸凌
冬汐……明月

老夫婦的舞蹈
冬潮……工藤雅典

【枯水、枯川】水涸る、涸川

河川乾枯。河床露底，氣氛蕭條凝重。

雜草蔓延的鵝卵石床
枯川……慢鵜

沿堤的砂石車陣
枯川……楊博賢

巴黎鐵塔下分手
枯水……露兒

存款簿裡僅存的三位數
枯水……阜月

長照病房憂思的奶奶
枯水……ylohps

【寒水】 寒の水

清冷的河水。冷水被認為具有神祕的功效。尤其是寒中第九天的水，據說喝了對身體有好處。常用於搗麻糬、釀酒和曬布。

乞丐的五毛錢落渠
寒水……露兒

地瓜籤稀飯
寒水……秋雨

裸露河面的瑪尼石
寒水……簡玲

岸邊招魂的家屬
寒水……薛心鹿

一疊待洗的碗盤
寒水……謝美智

【冬野】 冬野

冬天的原野。還不至於像「枯野」般乾枯。

合掌村的點燈節
冬野……雅詩蘭

豎崎路的石階
冬野……莊源鎮

冬野
獨自一人的足跡……盧佳璟

載運儲糧的木板車
冬野……慢鵝

朝拜者匍匐的背影
冬野……簡玲

【冰】

冰

水在攝氏零度或零度以下所凝結成的固體。如：冰塊、厚冰、綿冰、冰點、結冰、冰田、冰壁、冰湖等。

出航的漁船艙

碎冰……慢鵝

風的線條

冰……莊源鎮

極圈動物的無助眼神

融冰……雨靈

不認親人的兄長

冰……楊博賢

愛情路上浮沉的作家

冰……露兒

【雪】

雪

水蒸氣遇低溫而凝結的白色六角形晶體。如：「雪水」、「雪花」、「白雪」。

窗外飛雪

唇齒間融化的巧克力……吳衛峰

藝伎妝抹的脖子

雪……慢鵝

聖樂裡的婚禮

雪……莊源鎮

詩人鄭板橋七言絕句

雪……ylohps

爺爺珍藏的菸斗

雪人……薛心鹿

◎節日

【感恩節】感謝祭

節日起源於西元一六二一年，一批自英國渡洋至北美的清教徒邀約印第安人共度三天三夜的歡宴，慶祝小麥的收成。一八六三年林肯總統正式宣布十一月最後一個星期四為國定假日。一九四一年美國國會重新制定感恩節的日期為每年十一月的第四個星期四。

眾信徒拿小燭台點燈
感恩節……ylohps

老夫婦結婚六十週年
感恩節……簡玲

握緊伴侶的手
感恩節……雨霊

教皇親吻被高舉的嬰孩
感恩節……雅詩蘭

【聖誕節、耶誕節】クリスマス、聖誕祭

西洋節日之一。為紀念耶穌誕生的日子。西元四世紀時，羅馬人始定十二月二十五日為耶穌的誕辰。此日為西方國家最重要的節慶之一。

翻閱北歐繪本的孩童
聖誕節……俞文羚

準備交換禮物的孩子
聖誕節……皐月

拐杖糖的薄荷味
聖誕節……薛心鹿

一覺醒來的驚喜
聖誕節……李燕燕

胸前的十字架掛墜
聖誕節……陳瑩瑩

【平安夜、聖夜】 聖夜、クリスマスイヴ

每年十二月二十四日，耶誕節的前一天晚上，稱為「平安夜」。

歌聲中的防疫宣導
平安夜……盧佳璟

禮品盒裡的地球儀
平安夜……雅詩蘭

夜按門鈴的人
平安夜……雨靈

點燃燭光的教堂
聖夜……黃士洲

產房內熟睡的新生兒
平安夜……慢鵝

◎生活

【感冒、流感】 風邪、流感

由濾過性病毒引起的上呼吸道感染，會出現氣管發炎、咳嗽、鼻塞、發燒等症狀。

話筒傳來滿是鼻音的情話
感冒……穆仙弦

夜裡無法成眠的人
感冒……俞文羚

祖母熬煮的薑母茶
感冒……簡玲

奔擠出電梯的人群
重感冒……慢鵝

手機螢幕上的唾液
感冒……陳瑩瑩

【頭巾】 頭巾

裹頭的布。防寒用。

印尼外勞休假日
頭巾……明月

河邊的洗衣婦人
頭巾……莊源鎮

只用眼睛說話的女人
頭巾……皐月

沙漠駱駝隊足印
頭巾……簡淑麗

爺爺從天上守護地上的奶奶
頭巾……工藤雅典

【熱燗、燗酒】 熱燗、燗酒

熱燗是先將日本酒倒入稱為德利的陶器中，再從德利外面加熱酒。

和服女子熟稔的手勢
燗酒……林百齡

選情民調越來越高
熱燗……Alana Hana

美空雲雀的歌聲繚繞
燗酒……皐月

殷勤斟酒的晚輩
熱燗……薛心鹿

面試官的套話
熱燗……明月

【掘藕】 蓮根掘る

挖掘荷藕，是冬天荷葉枯萎後，渾水浸至腰部的繁重工作。近來更多採用機械挖掘。

白河農家的寫生
掘藕……………………簡玲

報導真相的記者
掘藕……………………俞文羚

殘塘中半身像
掘藕……………………李燕燕

穿梭泥潭的捕魚裝
掘藕……………………楊博賢

相親兩家約會
掘藕……………………黃卓黔

【拔蕪菁】 蕪引

蕪菁，十字花科，一年或二年生草本。葉緣略有缺刻，春日開黃花，根長圓多肉，與葉俱可食用。又稱大頭芥、大頭菜、蔓菁。初冬採收，多用於醃製。

方丈告誡徒弟動作輕慢
拔蕪菁……………………ylohps

奏起輕快的兒歌
拔蕪菁……………………薛心鹿

師生沾滿泥土的雙手
拔蕪菁……………………皐月

住家頂樓的小田圃
拔蕪菁……………………穆仙弦

雨後水庫飽滿
拔蕪菁……………………簡淑麗

【酒釀】酒の粕

糯米蒸熟後，加入酒麴，置於密閉的容器內，發酵而成的食品。

【冬衣】冬著

冬季所穿的衣服。

【外套】外套

在平常服裝外面所加的禦寒衣物，稱為「外套」。

向神父懺悔
卸下舊外套……薛心鹿

開著外掛的電玩
外套……趙紹球

閃過母親佝僂身影
外套……慢鵝

男友從背後擁抱
外套……穆仙弦

彩排中的女主持人
外套……雨靈

【圍巾】マフラー

圍在脖子上的長條形領巾。具有保暖、禦寒、裝飾的功用。

愛情小說完結篇
圍巾……露兒

老歌手的招牌裝扮
圍巾……皐月

老人隨身伴侶
圍巾……明月

纏繞一生的定情物
圍巾……俞文羚

高原上仰望星空
羊絨圍巾……簡玲

【暖爐】暖炉

取暖禦寒的火、電、或煤油爐。

書頁滿室生輝
暖爐……………………林百齡

詩雜誌刊登俳句
暖爐……………………黃士洲

城隍廟裡還願的人潮
暖爐……………………皐月

白色戀人巧克力餅乾
暖爐……………………雅詩蘭

逐步解封的城市
暖爐……………………簡玲

【週年慶】週年慶、しゅうねんけい

針對特定事件滿一年期所舉行的慶祝活動。如：「百貨公司週年慶」、「結婚週年慶」。

翻空左右袋子的爸爸
週年慶……………………露兒

國家音樂廳貴賓票
週年慶……………………慢鵜

洪水猛獸的欲望
週年慶……………………簡玲

風城的輕旅遊
週年慶……………………皐月

摘不下來的戒指
週年慶……………………胡同

【毛衣】セーター

用毛線織成的衣服。

剪斷編織的毛髮
毛衣……Alana Hana

檯燈旁的老花眼鏡與鉤針
兒女的毛衣……俞文羚

箱底壓著遺物
毛衣……簡淑麗

賽德克族織布圖騰
毛衣……ylohps

課堂上朗讀〈遊子吟〉
毛衣……薛心鹿

【麻油雞】麻油雞、モアユウケイ

一種食品。用麻油、薑、米酒、雞肉等燉煮而成。

點燃奶奶牌位的香
隔壁的麻油雞味……盧佳璟

鄰居探頭閒聊
麻油雞……慢鵝

回收紅標的空瓶
麻油雞……洪梅籐

鄰家的娃叫聲
麻油雞……楊博賢

在火山上飛的鳥群
麻油雞……工藤雅典

【火鍋】火鍋、ひなべ

在沸湯中加入各種菜餚，可邊煮邊吃的一種烹飪方式。亦指用火鍋煮的菜餚。

吊著彩球的新店開張
火鍋……皐月

登高遠眺七星山夜景
火鍋……穆仙弦

合十祝福
素火鍋……雨靈

老闆犒賞員工
火鍋……ylohps

沒有距離的笑聲
火鍋……黃士洲

【尾牙】尾牙、ボエゲエ

農曆十二月十六日的俗稱。我國民間習慣在每個月的初二、十六日都要祭拜土地公，稱為「做牙」。因為農曆十二月十六日是一年中最後一次做牙，所以稱為「尾牙」。

中式餐桌上鷄頭轉不停
尾牙……簡淑麗

車城土地公廟的煙火
尾牙……謝美智

福德正神年終的眷顧
尾牙……楊博賢

雞頭恐懼症
尾牙……廖清隆

【年終獎金】年末賞与

年底時機關行號加發給職員或有功人員的紅利。

身在城市的工薪階層
年終獎金……黃士洲

出社會工作第一年
年終獎金……穆仙弦

騎新單車轉圈的孫子
年終獎金……慢鵝

辦公室裡不同表情的臉
年終獎金……薛心鹿

穿上鮮紅色新旗袍
年終獎金……雨靈

【跨年】年越し

從舊年歲末到新年歲初。《晉書．卷七二．郭璞傳》：「又去秋以來，沉雨跨年，雖為金家涉火之祥，然亦是刑獄充溢，怨歎之氣所致。」

儲藏室內的木馬
跨年……趙紹球

八幡宮等待參拜的長龍
跨年……雅詩蘭

感恩禱告會
跨年……明月

搭上加開的特快車
跨年……胡同

重新油漆的舊門
跨年……黃卓黔

【刈甘蔗】甘蔗刈

禾本科甘蔗屬，多年生大草本。可生食，含有大量甘甜水分，為製糖原料。農人從十二月至一月，修剪甘蔗並榨汁製糖。

五分車上剁農葉
刈甘蔗……………………………………ylohps

學童聽糖廠爺爺說故事
刈甘蔗……………………………………葉婉君

田野鄉道不輟的足跡
刈甘蔗……………………………………簡玲

綁在結婚禮車上的祝福
刈甘蔗……………………………………俞文羚

朋友誠意來交往
刈甘蔗……………………………………秋雨

【新年曆】初暦

新的年曆。首次使用的年曆，滿載對新的一年的期望。

財神爺笑看人間
新年曆……………………………………ylohps

遊子雀躍畫了圓圈
新年曆……………………………………露兒

讀處世格言
新年曆……………………………………謝美智

聖經的金句
新年曆……………………………………明月

攀登第一座百岳
新年曆……………………………………簡玲

【滑冰】スケート

一種冰上運動。穿著冰鞋，以兩腿交替蹬冰為推進動力而滑行。有多種比賽項目，如花式滑冰、冰上競速、冰舞等。

唱盤上的刮痕
滑冰……謝美智

滿場飛的紅色圈圈
滑冰……胡同

鋼筆簽名
花式滑冰……盧佳璟

在旁給孩子打氣的父親
滑冰……薛心鹿

分手後傷痕累累的小子
滑冰……露兒

【白氣】息白し

冬天的早晨，當溫度下降時，呼出的空氣中所含的水蒸氣冷卻並變白。

太極拳的吐納
白氣……明月

包子饅頭的吆喝聲
白氣……Alana Hana

玉山登頂的淨山儀式
白氣……胡同

賣出股票跌停板
白氣……簡淑麗

作勢抽菸的孩童
白氣……薛心鹿

【寒假】冬休

各級學校每逢冬季，從上學期結束後至下學期開學前的一段假期。

【橇】橇

在泥地上行走或雪地裡滑行的工具，如雪橇、犬橇、冰橇、泥橇等。

【避寒】 避寒

離開寒地，移居暖處。《後漢書・卷八六・南蠻西南夷傳・西南夷傳》：「土氣多寒，在盛夏冰猶不釋，故夷人冬則避寒，入蜀為傭。」

播放森巴舞曲
避寒……盧佳璟

花蓮縣好山好水
避寒……ylohps

擁抱娘家的媽媽
避寒……曾小塔

考生玩的視頻遊戲
避寒……工藤雅典

和搭來福岡的姥姥連上視訊
避寒……胡同

◎動物

【熊入穴】 熊穴に入る

從積雪到春雪融化，熊一直進入洞穴冬眠。然而，這不是完全的冬眠，是一邊消耗堆積的脂肪入眠。此時，母熊生養一隻幼熊。

樵夫巡山吹口哨
熊入穴……露兒

門外掛著「請勿打擾」
熊入穴……薛心鹿

僻靜中的神職人員
熊入穴……皐月

贏取女友芳心的鑽戒
熊入穴……黃士洲

【牡蠣】

牡蠣

雙殼綱牡蠣科之軟體動物。右殼小而薄，左殼大而凸，產於淺海泥沙中，肉味鮮美，營養豐富。

【旗魚】

旗魚

脊椎動物亞門硬骨魚綱正旗魚科。體長可達一丈餘，呈紡錘狀。嘴尖而細長，無鱗，背鰭大而似旗。好游泳於水之上層。旗魚肉多刺少，高油質，是重要的經濟魚類。

【鷹】

鷹

一種猛禽。性凶猛，嘴鉤曲，趾有鉤爪，眼尖銳，飛翔能力強，常盤旋於空中，以俯衝式捕食小鳥、野兔等。

AI人臉辨識
鷹……Alana Hana

出界的羽毛球
鷹……余境熹

還原真相的檢察官
鷹眼……阜月

新疆哈薩克族的狩獵
鷹盤旋……穆仙弦

胸懷大志的職場新鮮人
展翅的鷹……曾美玲

【狸】

狸

哺乳類肉食性動物。形狀像狐而較肥短，毛色黑褐，口突出，尾粗而長，四肢甚短。

從魔術盒躍出的老頭
狸……余境熹

長年的夜班生涯
狸……楊博賢

快速逃逸的身軀
狸……雨靈

住持彈奏三味線
狸……慢鵜

伏地膜拜的小沙彌
狸……薛心鹿

【兔】

兎

脊椎動物哺乳類。草食性。耳大，尾短向上翹。上脣中間裂開。四腿，後腿較前腿長，善跳躍，跑得快。毛色為灰、白、褐等色，有家兔、野兔兩種。肉可食，毛可製筆或衣物。

【狐】

狐

食肉目犬科。外形像狗但較小，身體瘦長，面部較長，嘴部較尖，耳朵呈三角形，尾巴大而長，毛多為赤黃色。生性聰明敏感，令人覺得狡猾。喜食野鼠、鳥類、家禽等，皮可製裘。常見的種類如赤狐、銀狐、北非小狐等。

【黑面琵鷺】

黑面琵鷺、くろつらへらさぎ

鳥綱朱鷺科。黑色的嘴呈湯匙狀，體形似白鷺，全身羽毛為白色，後頸於夏季長出黃色羽冠。通常生活在海濱、沼澤、河口及水田等地，以魚蝦、螺類為食物。在大陸東北地區及朝鮮半島繁殖，冬季遷移到華南、台灣和印度半島等地。

鹽田閃耀的澤光
黑面琵鷺……莊源鎮

一年一次同學會
黑面琵鷺……Alana Hana

七股鹽田溼地貴客
黑面琵鷺……楊博賢

隨工地遷徙的臨時工
黑面琵鷺……俞文羚

【烏骨雞、黑骨雞】

烏骨雞、オオクッケエ

皮、骨呈黑色的雞。

穿一雙黑色長筒靴
烏骨雞……薛心鹿

被拒婚的回帖
烏骨雞……簡淑麗

殯葬業的制服
黑骨雞……ylohps

英國皇家的衛兵
烏骨雞……明月

喬裝傑克森的模仿秀
烏骨雞……胡同

【烏魚】鯔

脊椎動物亞門硬骨魚綱條鰭亞綱鯔形目。體形圓長，頭背略扁平，眼皮厚，體長三十至八十公分，多生於鹹淡水交界的河口，亦可人工養殖。每年冬季洄游至台灣南部西岸產卵，台灣特產的烏魚子即為此魚的卵巢。

玩歌牌的爺兒倆
烏魚子……雅詩蘭

老家門前
烤烏魚子的香味……盧佳璟

捕撈船上的掃描雷達
烏魚……穆仙弦

忙碌壯觀早市集
烏魚……簡淑麗

【天鵝】白鳥

鳥綱雁鴨目雁鴨科。形似鵝，體大頸長，上嘴有黃色的瘤，全身純白或黑。分布於寒帶，棲於水濱，善飛，吃植物、昆蟲等。

醉月湖畔儷影雙雙
天鵝……葉婉君

柴可夫斯基古典音樂
天鵝……謝美智

湖面一艘艘小白船
天鵝……薛心鹿

低頭梳理的夫婦
湖中的黑天鵝……雅詩蘭

被施魔法的奧德蒂公主
天鵝……ylohps

【鶴】 鶴

一種鳥。頭小，頸、腳皆細長，高三尺餘，羽毛多呈白色或灰色。翅大善飛行，鳴聲高朗。多生活於沼澤或平原水際，以小魚、昆蟲和穀類為食。種類甚多，有白鶴、灰鶴、丹頂鶴等。

富士山頂的笠雲
鶴……雅詩蘭

隱居山林詩人
鶴……明月

一幅北京髮繡贈與人瑞
丹頂鶴……皐月

荒無人跡的溼地
鶴……穆仙弦

【狼】 狼

動物名。哺乳綱食肉目犬科。形狀似犬，毛為青灰色，頭銳嘴尖，後腳稍短。嗅覺靈敏，聽覺佳。性凶狠狡猾，晝伏夜出，會襲擊人畜。

愛說謊話的小孩
狼……秋雨

夜林樹影顫動
狼嗥聲……盧佳璟

停電夜輪流說故事
狼人……薛心鹿

夜晚雙眼飄忽行蹤
狼群……廖清隆

獨來獨往的詩人
曠野中一匹狼……曾美玲

【寒鴨】寒鴨

冬天的鴨子。寒水中游泳或河畔散步，於食物稀少的情況下度過冷酷的冬天。

一生租屋的流浪教師
寒鴨……楊博賢

頓時失去雙親的孩子
寒鴨……皐月

岸上孤單的旅人
寒鴨……秋雨

寂寞的水中倒影
寒鴨……露兒

安養院添衣的老爺爺
寒鴨……明月

【紅蟳】アンチム、のこぎりがざみ

甲殼類動物。指青蟹中有卵的母蟳，經過烹調之後，顏色會變成紅色，所以稱為紅蟳，一般民間多視為補品。

商場霸氣的女人
紅蟳……明月

非常醉的老人
紅蟳……工藤雅典

滿腹詩文的害羞才子
紅蟳……露兒

紅蟳
婆婆親手烹煮的月子餐……曾美玲

湧入拍賣網站的訂單
紅蟳……雨靈

◎植物

【紅葉散、紅葉落】散紅葉、紅葉散る

隨著冬天的到來，色彩豔麗的葉子逐漸褪色，最終隨著冬天的風消散。霜落在散落的秋葉上。

手機相互刪除好友的情人
紅葉落……愛玉

大文豪最後一首詩
紅葉散……雨靈

無名指上淡化的戒痕
紅葉散……俞文羚

新婚那一夜
紅葉落……明月

一對耄耋老人的背影
紅葉散……ylohps

【枇杷花】枇杷の花

薔薇科枇杷屬，常綠喬木。葉呈長橢圓形，邊緣具疏鋸齒。花小色白，儘管不起眼，但具有香味。

靖江藩王府十三世傳襲
枇杷花……林百齡

在捷運上攬鏡自照的美人
枇杷花……ylohps

慈母胸前的珍珠項鍊
枇杷花……露兒

漢服妝扮的女子
枇杷花……薛心鹿

臺地上的戴笠農婦
枇杷花……胡同

【芹、芹菜】セロリ、清正人參

一年生或二年生草本植物。羽狀複葉，邊緣有疏鋸齒，柄長，柔脆易折。莖多分枝，短柄，嫩葉及莖可供食用。或稱為「芹菜」。

樸實的村婦
芹菜……………………………………薛心鹿

鋸齒百褶裙
芹菜……………………………………明月

出席晚宴的女秘書
芹菜花…………………………………慢鵝

聽勤門上迎接新生
芹………………………………………葉婉君

青春活力的舞群
芹………………………………………莊源鎮

【落葉】落葉

掉落的葉片。從深秋到冬季，喬木紛紛落葉。常用於堆肥或篝火。

太極的柔手身段
落葉……………………………………莊源鎮

媽媽手中的毛絨娃娃
落葉……………………………………露兒

告老還鄉的榮民
落葉……………………………………黃士洲

被丟棄的詩集
落葉……………………………………雨靈

造勢場後的宣傳單
落葉……………………………………楊博賢

【橘】蜜柑

常綠灌木。果實呈圓形，成熟時為橙黃色，味甘酸可食。如：「柑橘」、「橘子」。

【蘿蔔】大根

植物名。十字花科，一年生或二年生草本。莖高尺餘，葉作羽狀分裂，有鋸齒，春日開淡紫或白色花，花後結生細長角果。主根長圓柱形或球形，也叫「菜頭」，多肉質，皮呈白或紅色，可食，有利尿助消化的功效。種子可入藥。

准考證上的供品

蘿蔔……………………俞文羚

候選人高喊凍蒜

蘿蔔……………………皐月

比丘尼的菜園

蘿蔔……………………簡玲

雨夜進門的學子

熱蘿蔔湯……………………雨靈

【山茶花、茶花】山茶花、姬椿

山茶樹所開的花。有紅、白等色及單瓣、重瓣之別。可入藥，具有收斂止血等功效。

【枯木】枯木

乾枯的樹木。《管子．度地》：「伐枯木而去之，則夏旱至矣。」《文選．曹植．七啟》：「夫辯言之豔，能使窮澤生流，枯木發榮。」

【椪柑】椪柑

植物名。芸香科柑屬，常綠灌木或喬木。葉呈長橢圓形，花白色。果實亦稱為「椪柑」，球形，可食，皮可入藥。

讀朱自清的散文
椪柑……………………謝美智

童年騎馬打仗武器
椪柑……………………明月

舞獅口吐好彩頭
椪柑……………………薛心鹿

椪柑
同時回應的貓跟狗……………………慢鵝

情人博了筊杯
椪柑……………………簡淑麗

【聖誕紅、一品紅】ポインセチア、猩々木

植物名。大戟科大戟屬，灌木。全株高約二至四公尺，莖直挺，多枝無刺，含白色乳汁。葉緣呈齒狀，背面有毛。花開在深紅色的苞片中，可供觀賞用。多產於墨西哥、中美洲等熱帶地區。

搶戲的女配角
聖誕紅……………………盧佳璟

田尾選購盆栽
聖誕紅……………………謝美智

演歌會門票銷售一空
聖誕紅……………………ylohps

蝴蝶結的叮噹聲
聖誕紅……………………洪梅籐

【枯草】 枯草

枯萎的草。乾草。

迎風搖曳的狗尾巴
枯草……慢鵝

踏進北京圓明園
枯草……雨靈

梵谷名畫中的靜麗
枯草……楊博賢

運動員每次都候補
枯草……ylohps

愛因斯坦的頭髮
枯草……黃卓黔

【白菜】 白菜

植物名。十字花科蕓薹屬，二年生草本。莖扁薄而白，葉闊大，呈淡綠色，是一種可食用的蔬菜。

故宮博物館的展覽品
白菜……謝美智

叩門的宿生
酸白菜……林國亮

洗白菜
沾溼的玉鐲……盧佳璟

媳婦熬出頭
白菜滷……慢鵝

堅持貞操論的老學究
白菜……胡同

【早梅】

早梅

由於氣候原因，梅花早開。尋找早熟的梅花稱為探梅。

庭園樓閣中吟詩
早梅…………秋雨

天曚不忘探窗外
早梅…………李燕燕

晨光催醒仙語
早梅…………簡淑麗

偷穿高跟鞋的小娃
早梅…………皐月

跳級升學的少年
早梅…………楊博賢

【蠟梅】

臘梅

蠟梅科蠟梅屬，落葉灌木。莖高三、四公尺。葉對生，卵形，先端尖銳，葉面糙澀。二月開花，芳香甚烈。花瓣的形狀、香氣與梅花相近，且色似蜜蠟，故稱為「蠟梅」。

旗袍領上側面朱唇
蠟梅…………簡淑麗

蠟梅盛開
思鄉的遊子…………簡玲

一隻迷路的蜜蜂
蠟梅…………莊源鎮

余光中詩人鄉愁四韻
蠟梅…………ylohps

【茼蒿】春菊

菊科茼蒿屬，一年生草本。葉互生，邊緣有不規則羽狀分裂。頭狀花序，花黃色或白色。嫩莖及葉可食。

草原上旋轉的舞者
茼蒿……………………………………簡淑麗

做體操的老人
茼蒿……………………………………工藤雅典

亭亭玉立的少女
茼蒿……………………………………ylohps

練就縮水功
茼蒿……………………………………廖清隆

縮水的祖產
茼蒿……………………………………胡同

◉自然・植物

【白木耳（ペエボンニイ）】233

白木耳・銀耳〔漢〕

白い色をしたきくらげの意味で白木耳とよばれるが、科も属も別。この方は細かいちりめん状を呈し、どこまでが一株なのか見当がつきにくい。乾燥させたものの一かたまりの大きさは飯茶碗ほどで、水に浸すと人頭大に脹れる。漢方では銀耳の名で古来、高貴薬の一方の座頭を勤めた。浄血のほか強志益気、冬には寒さを禦ぎ、夏には暑さを禦ぐ。美容養顔…とにかく、今をだに霊薬の名を辱しめてはいない。六〇年代頃からだったろうか、栽培の要領が判明し、今では相思樹、マンゴーなどの段木のほか瓶栽培も行なわれる。鋸屑、麬、蔗糖、それに少量の石膏を加えるのがコツらしい。にょきにょきと生え、踊るがごとく室が華やぐ。盛季は夏。通常、水に戻して煮炊きし、氷砂糖や蜂蜜を加え、冷やして飲用する。デザートにも佳良。

婚宴の紅き卓布へ銀耳汁　……葉七五三江
頃合ひのデザートなりけり白木耳　……林麗蓉
床上げに嫁のこころの白木耳　……何昫貞
病む父に今朝には今朝の銀耳湯　……林　美
白木耳高値は効き目ありさうで　……洪郁芬
赤棗加へ華やぐ銀耳湯　……呉雪子
美しき願ひを今に銀耳湯　……荘雪華
楷室に白札鎗白木耳　……黄霊芝

【霊芝（れいし）】234★

まんねんだけ・さるのこしかけ

サルノコシカケ科の菌類に数種あり、うち菌体にラッカ様の光沢をもち、長柄を具えたものを日本では霊芝（マンネンダケ）とよび、粗状のものをサルノコシカケとよぶが、台湾では共に霊芝と称する。長く腐朽しないために愛玩され、昔々の昔から霊薬ともされ、かの秦の始皇帝の求めた不老不死の薬がこれだったらしいともいう。有機ゲルマニュームを多量に含み、血液に酸素を与え、免疫力を高めるとして今日、医療に大きく登場してきた。煮汁を薬用し、製剤もされる。霊芝のもつ独特な傘の形や紋様が瑞雲に似るとして、中国では漢代頃から吉祥の雲紋に見立て、竜の身辺を飾った。この霊芝紋はのち、瑞祥の器なる如意に受けつがれる。台湾では山地に発生が多く、盛期は夏。形のよいものを愛玩用に、不細工を薬用とする。

杣人のすさび集めの霊芝茸　……黄教子
湯の宿に吉兆すわる大霊芝　……許耕華
ところどころ薬舗の街に霊芝鉢　……李治香
猿の腰掛森しんかんと誰か住む　……邱秀琴
坐りみる猿の腰掛猿どしが　……呉建堂
霊芝売増ゆるは難病増えたりし　……鄧瑞貞
傘屑の霊芝を値切り一孝子　……蔡素馨
荒鋸に霊芝掘ったる杣の道　……黄霊芝

182

二〇〇三年黃靈芝著《台湾俳句歲時記》（言叢社）內頁

Agnès MALGRAS
[France]

le chemin se traine entre les pissenlits -
un papillon jaune

アグネス　マルグラ
[フランス]

たんぽぽの道を横切る蝶ひとつ

Yuhfen HONG
[Taiwan]

a floe of dandelion
end of grassland in the dream

ユーフェン　ホング
[台湾]

たんぽぽの絮草原の果の夢

Mine MUKOSE [Japan] ／ 向瀬美音 [日本]

石畳よりたんぽぽのたくましき

pissenlits entre les pavés
puissance de la vie

dandelion between stone pavement
power of life

金鳳花 【きんぽうげ】
kimpōge / buttercup / renoncule des champs

"golden rose"
It grows naturally in the field of sunny mountains and in fields. The yellow five-flowered flowers bloom on the stem about 15 cm high. It is a bright and friendly flower. It feels the coming of spring. It is distributed in Japan and China.

Lidia Mandracchia
[Italy]

prato di ranuncoli:
io e te sulla stessa bicicletta

リディア　マンドラッチア
[イタリア]

自転車の二人乗りなり金鳳花

植物 / plant / plante　173

二〇二〇年向瀬美音編《国際歳時記　春》（朔出版）內頁

一主編簡介一

洪郁芬

生於台灣高雄。華文俳句社社長，日本俳句協會理事，香港圓桌詩刊主編。曾獲第三十九屆世界詩人大會中文詩第二名、首屆創世紀現代詩獎、日本俳人協會第十四屆九州俳句大會秀逸獎等。著有詩集《魚腹裡的詩人》和俳句集《渺光之律》，合著《華文俳句選》，主編詩選《十圍之樹——當代華語詩壇十家詩》。

洪郁芬プロフィール

台湾高雄市生まれ。華文俳句社主宰、日本俳句協会理事、香港圓桌詩刊副編集長。「WCP第三十九回世界詩人大会華語詩第二位」、「俳人協会第十四回九州俳句大会秀逸賞」など受賞。著作に句集『渺光之律』、詩集『魚腹裡的詩人』。共著に『華文俳句選』。編集に詩選『十圍之樹——當代華語詩壇十家詩』。

郭至卿

台灣輔仁大學東語系畢。季之莎詩社、乾坤詩社、野薑花詩社、台灣詩學吹鼓吹詩論壇同仁與版主。俳句刊登於日本くまがわ春秋、台灣創世紀詩刊、中國流派詩刊、香港圓桌詩刊和日本 HAIKU 等。合著有《華文俳句選》。著有句集《凝光初現》、詩集《剩餘的天空》。

郭至卿 プロフィール

台湾輔仁大学東語系卒業。季之莎、乾坤、野薑花詩クラブ、台灣詩學吹鼓吹詩論壇同仁。俳句は日本くまがわ春秋、台湾創世紀詩刊、中国流派詩刊、香港圓桌詩刊、日本 HAIKU に掲載。共著に『華文俳句選』。著作に句集『凝光初現』、詩集『剩餘的天空』。

華文俳句叢書3　PC0988

釀 歲時記

主　　編	洪郁芬、郭至卿
責任編輯	洪聖翔、杜芳琪
圖文排版	陳秋霞
封面設計	趙紹球、王嵩賀

出版策劃	釀出版
製作發行	秀威資訊科技股份有限公司 114 台北市內湖區瑞光路76巷65號1樓 電話：+886-2-2796-3638　傳真：+886-2-2796-1377 服務信箱：service@showwe.com.tw http://www.showwe.com.tw
郵政劃撥	19563868　戶名：秀威資訊科技股份有限公司
展售門市	國家書店【松江門市】 104 台北市中山區松江路209號1樓 電話：+886-2-2518-0207　傳真：+886-2-2518-0778
網路訂購	秀威網路書店：https://store.showwe.tw 國家網路書店：https://www.govbooks.com.tw
法律顧問	毛國樑　律師
總 經 銷	聯合發行股份有限公司 231新北市新店區寶橋路235巷6弄6號4F 電話：+886-2-2917-8022　傳真：+886-2-2915-6275

出版日期	2020年10月　BOD一版
定　　價	320元

Printed in Taiwan

國家圖書館出版品預行編目

歲時記 / 洪郁芬, 郭至卿主編. -- 一版. --
臺北市：釀出版, 2020.10
面； 公分. --（華文俳句叢書；3）
BOD版
ISBN 978-986-445-425-9（平裝）

831.8 109015928

讀者回函卡

感謝您購買本書，為提升服務品質，請填妥以下資料，將讀者回函卡直接寄回或傳真本公司，收到您的寶貴意見後，我們會收藏記錄及檢討，謝謝！如您需要了解本公司最新出版書目、購書優惠或企劃活動，歡迎您上網查詢或下載相關資料：http:// www.showwe.com.tw

您購買的書名：________________________________

出生日期：________年________月________日

學歷：□高中（含）以下　□大專　□研究所（含）以上

職業：□製造業　□金融業　□資訊業　□軍警　□傳播業　□自由業
　　　□服務業　□公務員　□教職　□學生　□家管　□其它_____

購書地點：□網路書店　□實體書店　□書展　□郵購　□贈閱　□其他

您從何得知本書的消息？

□網路書店　□實體書店　□網路搜尋　□電子報　□書訊　□雜誌
□傳播媒體　□親友推薦　□網站推薦　□部落格　□其他__________

您對本書的評價：（請填代號　1.非常滿意　2.滿意　3.尚可　4.再改進）

封面設計____　版面編排____　內容____　文／譯筆____　價格____

讀完書後您覺得：

□很有收穫　□有收穫　□收穫不多　□沒收穫

對我們的建議：________________________________

____

____

____

請貼
郵票

11466
台北市內湖區瑞光路 76 巷 65 號 1 樓

秀威資訊科技股份有限公司 收

BOD 數位出版事業部

....

（請沿線對折寄回，謝謝！）

姓　　名：____________________　年齡：________　性別：□女　□男

郵遞區號：□□□□□

地　　址：____

聯絡電話：(日) ______________________ (夜) ______________________

E-mail：____